飛小說。
We Love
Easyfly.

七爺座下02

她的傲嬌相公

S h e l ★ o k s s o h a n d s ★ m e .

秦守七

本名「秦肖」，秦家唯一的女孩，因母親早逝，且父親曾為草寇，所以從小被當成男孩養。她個性直爽、好勝心強，有些痞性，十六歲時偷偷上過戰場，後開鏢局和學府，江湖朋友一堆，迷妹也不少，人稱「七爺」。對韓初見莫名感興趣，覺得他很與眾（男人）不同。

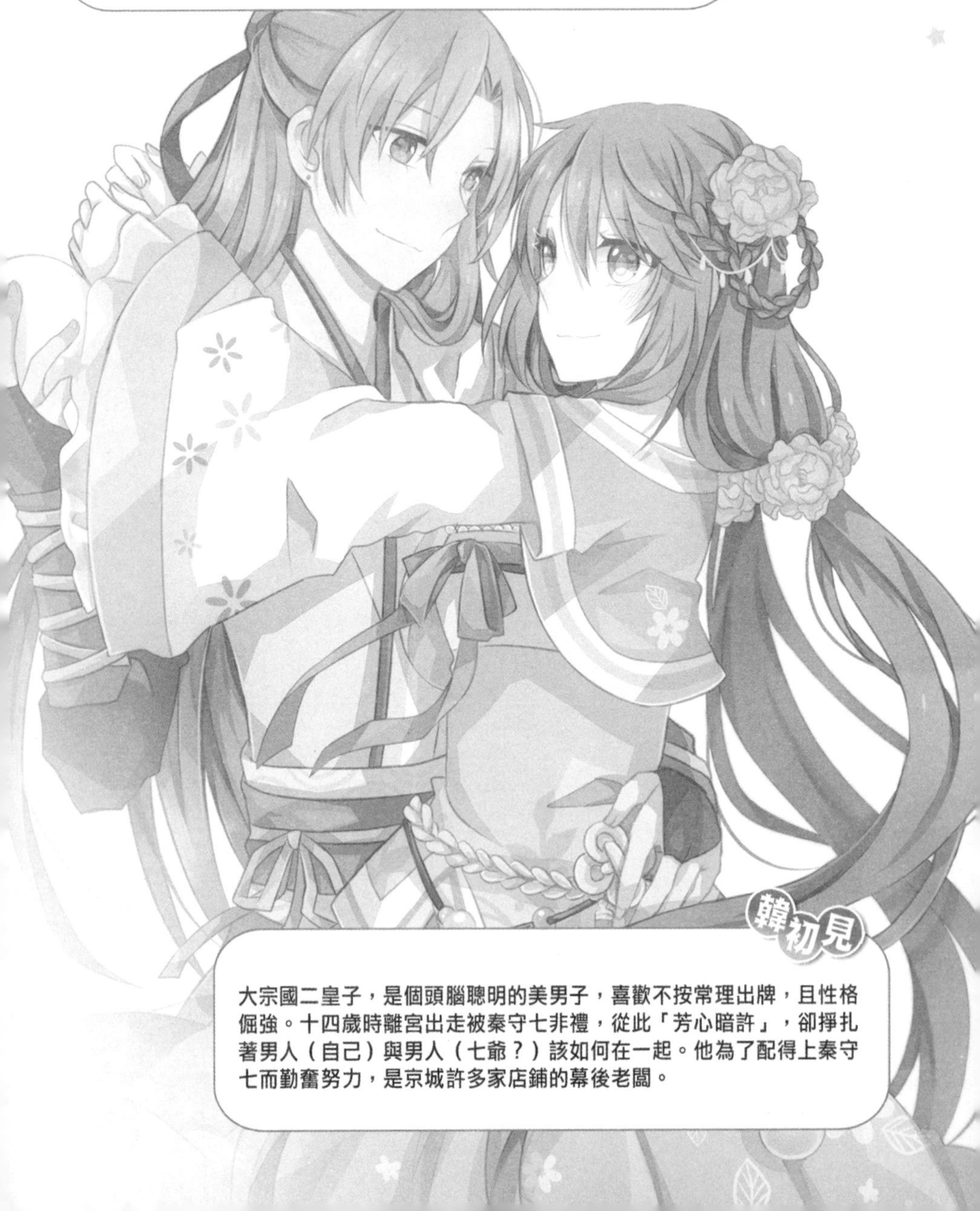

韓初見

大宗國二皇子，是個頭腦聰明的美男子，喜歡不按常理出牌，且性格倔強。十四歲時離宮出走被秦守七非禮，從此「芳心暗許」，卻掙扎著男人（自己）與男人（七爺？）該如何在一起。他為了配得上秦守七而勤奮努力，是京城許多家店鋪的幕後老闆。

祝羲

冷傲的大將軍，秦守七征戰沙場的戰友。從小被父親壓制的他，在秦守七身上看到了自己渴望的肆意和放縱，雖然喜歡秦守七，但男性的驕傲讓他不肯開口，後來娶了另一個女子為妻，妻子早逝後更堅定秦守七才是適合他的那個人。

宋清歌

威震鏢局的大掌櫃，有一雙惑人的丹鳳眼，算得一手好帳，會看貨，估價也十拿九穩，最重要的是消息精通，可謂是眼觀六路耳聽八方，常拿一把風騷的金扇子，是秦守七、韓初見感情路上的助攻。

蘇妙

韓初見的隨從兼狗頭軍師，在拿下秦守七這件事上是韓初見唯一的盟友。

目錄★

第一章
被將軍搶先了一步

「有困難找蘇妙」是韓初見的人生信條之一。他長到這麼大，蘇妙一直是他唯一的保姆加感情顧問。

蘇妙放下手中的活，一回身，一副無可救藥的表情看著韓初見，「主子，您讓我說您什麼好？您知道什麼是矜持嗎？您知道是什麼是操守嗎？當初勸您，您就不聽！現在好了！七爺嫌棄您太隨便了！太容易得到了！」

韓初見聞言，覺得世界觀又被顛覆了。

矜持那回事不是女人特有的嗎？男人也需要矜持嗎？想了想七爺那顛覆得淋漓盡致的世界觀，嗯……矜持，這個真能有……

韓初見一拍桌順勢坐下，端起架子道：「你當初不也支持我主動去勾搭嗎？也沒見你反對我！」

蘇妙暗自搖頭，心道：那是我高估了您，低估了七爺啊！原本以為您這總能讓人出乎意料的性子是想出了好對策，如今看來比我蘇妙高不到哪裡去！主子您一面對七爺就二得不能再二了，根本就是個「井」！（注：井，橫豎都是二。二是指「二貨」，罵人傻蛋、糊塗蛋的意思。）

「反正主子以後不能太過主動了，即便是女人，也要吊她胃口！」

韓初見想了想還是搞不懂，一挑眉，問道：「怎麼做？」

「放置她幾天！您這幾日一直去找她，若是突然不去了，七爺肯定會不習慣，然後主動來找您！」

韓初見聞言，眉頭擰成了麻花。可是他去找七郎成了習慣了啊！誰來拯救他的習慣？

但是為了娶媳婦，為了能朝夕相處！他忍了！

※◎※　※◎※　※◎※

日子過了幾天，就連比武的日子都快到了，他家七郎那裡還是一點動靜都沒有，收來的暗報都說七郎每天該幹什麼就幹什麼，絲毫未有改變，他韓初見的消失完全沒起到任何影響！而且更有線報說，七郎今日要與祝羲相約出遊！還是七郎主動去約的！

韓初見聞訊當即跑去斥責蘇妙：「我就不該相信你！」

蘇妙無辜的撇撇嘴，「主子，可能是您矜持的時機不對，我們打鐵趁熱多纏幾天再矜持一下的話，可能會好些……」

韓初見聞言呸了一口：「呸！秦守七她根本就不吃這一套！這個混女人百毒不侵啊！之前她看到付新如要強吻我也絲毫沒表現出吃味的感覺！我當時就應該意識到的！」

蘇妙一聽「強吻」二字，耳朵立了起來，「什麼？主子！您被付太傅強吻了！還被七爺看到了！」

韓初見面色窘了，他覺得自己被女人強吻不是什麼光彩的事，所以向蘇妙轉述的時候自動忽略了這個情節，誰知這氣頭一上來就說漏嘴了……

蘇妙拍案而起，無比埋怨的吼道：「主子！這麼大的事您居然不和我說！我知道七爺那句話是什麼意思了！」

韓初見上前湊了湊，問：「什麼意思？」

「當然是埋怨您被誰親都不知道拒絕了！當初七爺親您，您沒拒絕；如今付太傅親您，您也沒拒絕，還被七爺看到了，她肯定以為您對所有女人都是一樣的了！沒準兒您這麼多天不出現，她就認為您和付太傅好上了！所以七爺就去約祝將軍出遊了！如今比武相親在即，七爺想必也很急，祝將軍可是一朝的大將軍，武藝高強自是不用說！兩人還是舊交……說起來也是門當戶對……主子，您完了……」

韓初見聽完，抬手就打了蘇妙腦袋一巴掌，「呸！你才完了！不要危言聳聽！我當時拒絕了！七郎也看到了！」

蘇妙揉揉被拍痛的頭，幽怨的說道：「那您肯定是拒絕得不夠果斷……所以七爺對您失望了，跑去找祝將軍了，要不然以前怎麼沒見她主動去約過誰呢……其實依我看，七爺對主子您還是有心思的，要不然主子您不去找她，她應該立刻就去找祝將軍了呢～這是讓您吃醋呢！快去吧～您現在就去給他們搗亂，然後向七爺解釋清楚，最後一定會抱得美人歸的！」

本來就沒主意的韓初見被蘇妙的一番言語繞糊塗了，此時只能死馬當活馬醫——讓他們單獨相處怎麼行！搗亂，那是必須的！

韓初見奪門而出，蘇妙探頭看他家主子確實走遠了，才猛拍胸口，鬆了口氣：「媽呀！嚇死了！主子一沾七爺的事就不講情面，要是因為我那主意出了漏子還不活剝了我的皮！幸好我機警，把話題轉開了……不過……」

不過祝將軍是他和主子最大的敵人，如果七爺被祝將軍搶走，那麼……他蘇妙的日子也不會好過的！

該出手時就出手！他就不信一個人能好到無懈可擊！

※◎※　※◎※　※◎※

一直在煩惱的不僅僅是韓初見，秦守七也是。

如果沒喝酒，秦守七一向是很理智的，絕不會衝動行事，然而那天的行為明顯是衝動了，這衝動來得莫名其妙。不能妥善控制自己的言行，這種感覺十分惹人煩惱！

除了煩惱就是茫然，這種事她沒少做，也從未當回事，但想起那夜的場景，心頭就一團亂，十分不願回想卻又忍不住回想。但以秦守七的性格，自然是不會把這種心情和別人分享，唯有強壓下去，只是……若是見了韓初見，她該做何反應？一如從前，當成什麼也沒發生過？

那韓初見會怎樣？也是當作什麼也沒發生？若他滿不在乎……

秦守七煩躁的扔了劍，何時她變得如此囉囉嗦嗦，為這種事煩惱了？

接連幾日她都維持著面上的按部就班，或許心中有什麼期待，或許因為某人遲遲不出現而有些失望，或許為了掩蓋這種情緒，她忙完鏢局回家便和嫂子虛心學規矩，那認真的樣子，讓路過的秦老爺不禁頻頻望天看看變天了沒有！

直到某日，從葛爺手中接過一單大生意，秦守七才猛然想起來還未答謝祝義，於是便主動相邀出來喝一杯。

自從恒帝繼位大宗國以來，每年都有大閱兵典禮，如今離大閱兵的日子所剩無幾，祝義身為大將軍每日都去校場操練兵馬，檢閱新式武器的趕製進度，有時忙起來更是夜宿軍帳。

於是秦守七便騎馬到郊外的軍營找祝義，離軍營還有十里遠的時候便能聽到校場上傳來氣勢如虹的操練聲，鼓聲如雷，伴著將士們的喊聲，格外震耳。

她走得越近，便越能被那種氣勢磅礡的聲音鎮住，軍營便是如此，十年如一日，生生不息的昭示著將士們的豪情壯志。

郊外的軍營是為大閱兵專門建的。每年的這些天，從四面八方召集來的最勇猛的將士都在這裡集合操練，高聳的實木為整個軍營圍上了堅實的屏障。

秦守七在營門前下馬，守門的將士迎上前，探清了她的身分後逐級上報。沒過多久，一位身穿銀甲的將士虎步迎了上來，一張黝黑的臉顯得有些激動。

「秦七爺！」

秦守七聞聲，仔細一看才知對方是誰。當初在江北時，這人便跟在祝羲身旁，叫周有文，人高馬大、勇猛無敵，在奪回瓊州一戰中立下了汗馬功勞，是個故交。

秦守七當即抱拳敬稱一聲：「周兄。」

周有文上前毫不避諱的按下她的手，說：「沒想到七弟還記得俺！別這麼客氣！將軍讓俺先引妳進軍營等他片刻！」

周有文邊說邊引秦守七進軍營，一如從前是個熱情豪邁的人，一路上說說笑笑一點也不生疏。

「自從回了京城，將軍就時常念叨七弟妳，可惜妳那時沒有接旨同俺們一起回京，這一念叨好多年過去了，妳可算是來了京城了！將軍一聽妳要來，別提多高興了，說好了把人都聚一聚好好喝上一回！咋地？今天和我們喝上一壺？」

「若是將軍不怪罪，守七自然奉陪到底。」

周有文聞言擺擺手，「別了！別說現在不能喝酒，就是能喝酒，俺們也不能和將軍搶妳啊！將軍一聽說妳來找他，恨不得立刻把全軍的將士都趕走，親自出來迎妳～七弟啊～沒想到啊～」

周有文說完，別有深意的看了一眼秦守七，又說：「哎！現在不該叫妳七弟了，應該叫七妹！當初將軍說妳是女的，俺們還都不信，如今不信也不行啊！俺們可都等著喝妳和將軍的喜酒呢！」

「……」秦守七聞言有些摸不著頭腦，這周有文以前說話就沒個正經，如今怎麼越發的胡說八道了？

「虎老二！你又在胡說什麼！」

一聲厲喝傳來，兩人聞聲回頭，身披金色鎧甲的祝羲闊步而來，高大的身軀包裹在堅硬的鎧甲裡，氣勢強大得讓人不敢直視。

「哎呦！將軍這麼快就來了！俺先走了！」周有文的黑臉扯了抹心虛的笑容，一溜煙的跑了。

看了逃跑的周有文一眼，祝羲這才回身走到秦守七身邊，剛毅的面容有些彆扭的輕聲說道：「別聽他胡說，他這是見我不娶媳婦亂點鴛鴦譜呢。」說完，他便先行引著秦守七進了軍帳。

進了軍帳，祝義示意秦守七隨意坐，便走入屏風後換裝。

秦守七尋了位置坐下，忽然想到這些天三嫂教的規矩，便把蹺起的二郎腿收了回來，仔細想想好像要把雙腿併上，於是再把叉開的雙腿合上；好像還要雙膝微微向右手邊傾斜，腳跟離地、腳尖點地，雙手要交疊放在膝蓋上……

秦守七皺著眉頭擺弄這一連串的動作，怎麼擺都覺得十分怪異，做起來很是不舒坦，沒想到做女人就連坐姿都要這樣繁瑣。她本來還打算比武招親之日穿上女裝做一回女人，可學了這幾日的規矩她就厭煩了，如果從今往後要她天天做這些，她真的寧願終身不嫁了！

當祝義卸下盔甲，換上了便裝走出屏風之時，便看到秦守七坐在那裡左右擺弄這些詭異的姿勢，模樣看起來有些滑稽。

「妳在做什麼？」

秦守七聽到祝羲的問話才從坐姿的苦惱中驚醒，一時有些尷尬，手腳更不知要怎麼放，最終還是換成了平常的坐姿，自嘲道：「這幾日和我三嫂學規矩，我好像又忘了女子要怎樣坐著了，讓將軍見笑了。」

言語間，祝羲已經走到她一旁的桌前，拿起兩個倒置的空杯，逐一斟上茶水，端起一杯放置在她面前，揚了揚挺拔的眉峰不解問道：「為何要學這些？」

秦守七接過茶水道了聲謝才說道：「這不是要比武招親嗎？既然要嫁人，就要學些女子的規矩，免得遭婆家笑話。」

話雖這麼說，但秦守七臉上並未表現出怕婆家笑話的模樣，說得相當隨意。

祝羲端著自己的那杯茶在她對面坐下，審視她一番才說道：「我見妳這樣挺好的，何必為了嫁人而改變自己呢？」

秦守七聞言抬頭看他，他面上表情沒有調侃亦沒有隨口說說的樣子，反而顯得很認真。心下幾分驚異，秦守七還是認真回了話。

「將軍有所不知，江北不及京城民風開放，自從我女兒家的身分傳出，加之年少時做的荒唐事，我爹沒少被人說閒話，雖然他也不是在意別人背後怎麼說的人，但被說得多了，自然也是心頭不快，遂而從江北追我追到了京城催我出嫁，我這個做女兒的又怎能一而再、再而三的忤逆他的意思呢？他為我受人蜚語，若是學這些能讓他舒心一些，便也無妨。」

「即便如此，妳我之間也不必如此客套，妳隨意些便好了。」祝羲說著喝了口茶，過了會兒才有些神色猶豫的繼續道：「但……依我之見，妳若是能嫁個順心的人家，想必鎮北公才是真的舒心。」

秦守七聞言愣了愣，隨即回道：「這是自然。」

她是有問必答，但是多餘的半個字也不會說，何況她本來就不喜歡和別人議論自己的婚事，不過她記憶裡的祝羲好像真沒有和旁人聊家常的愛好，那麼如今是……？

祝羲本還有話想接，但被秦守七的四個字堵得無從開口，無故對人問東問西也不是他的風格……

秦守七見他還有話要說卻遲遲不說的樣子，便也不好開口說些別的，端起茶慢慢品了一口。等了良久，祝羲還未說話，她便思索著要開口，卻沒想到祝羲突然搶過了話頭。

「我帶妳到營外轉轉吧，這裡雖人跡罕至，但風光旖旎，出去看看才不虛此行。」

秦守七自然不會拒絕，點了點頭。

※◎※　※◎※　※◎※

秦守七跟在祝羲身後欣賞這人跡罕至、這風光旖旎……

她又不是閨閣裡出來的小姐，沒見過什麼世面，她見過的風景比這裡好看的多得數不勝數，況且……兩個大老爺們在郊外看什麼風景啊！這有什麼情調可言啊！咳嗯……秦守七又一時間把自己當男人了……

默默的看了一眼祝羲挺拔的背影，秦守七不禁在心中感嘆，祝將軍什麼時候這麼無聊了，喜歡做這種女人喜歡做的事？難不成娶過媳婦以後的男人都這樣？秦守七百思不得其解……

兩人就如同一個上級、一個下級視察情況一般，一前一後的走著。

忽然，前面的祝羲似乎想到了什麼，緩下了腳步走在秦守七身旁，咳了一聲有些不自然的說道：「不好意思……」

秦守七聞言，詫異的抬頭問：「什麼？」難道祝將軍終於知道自己出來轉轉的提議有多麼的浪費時間了？

「玉水曾和我說過，和我走在一起之時，我總是不顧旁人，逕自走在前面，不夠體貼……」祝羲說這番話時目光有些躲閃，有些愧疚。

秦守七聞言，覺得祝將軍這番話說得實在有意思，玉水應該是將軍夫人吧？她怎能與將軍夫人相提並論？

「怎麼會？大將軍身為將領自是習慣走在前面，行兵打仗之時哪有將領蜷縮在後面之說？將軍習慣了如此我能理解，這更能證明大將軍時刻不減將領的風範！」

雖然這話聽起來有拍馬屁之嫌，不過確實是秦守七的肺腑之言。

秦守七一番肺腑之言入了祝羲的耳，祝羲當即變了臉，頓了腳步，一雙銳利的眸子直視著她，問：「守七，在妳眼中我只是大將軍嗎？」

秦守七聞言愣了，心道：將軍你這話問得真蹊蹺，不是大將軍，難道還是兄弟嗎？

如今不同往日，她怎能不顧禮數和當朝大將軍平起平坐、稱兄道弟？這到哪裡都說不過去啊！

不過祝將軍這話顯然是覺得她的話說得太疏遠了，於是秦守七勉強笑道：「守七其實還是把將軍當作大哥，只是……」

秦守七話還沒說完，祝羲抬手按住她的肩，「秦守七，我已經說過了，無論從前還是現在，我從來沒有把妳當男人，我一直知道妳是女人！」

可是她一直把自己當男人來著……

祝羲見她不說話，繼續說道：「所以我帶妳去了城外的山披上，帶妳來這裡！我以為妳會如玉水一般喜歡這些地方，如今看來是我錯看了妳……但我做這些只是為了告訴妳，我一直把妳當女人看！當作普通的女人看！」

秦守七雖然沒說話，但是她在心裡回答了：但是顯然，將軍你是看錯了……

秦守七也是混過的，一個男人說把一個女人當作女人看這是什麼意思，不言而喻。

「大……大哥，聽守七一勸，你不要把兄弟情當作……男女之情，我與將軍夫人相差甚遠……」

祝義煩躁的打斷她的話：「秦守七！妳根本就沒聽懂我的話！我自然知道妳和玉水不一樣！我也沒把妳和她比，更沒當妳是兄弟！我心中喜歡的、想娶的本就是妳！當初在江北我與妳配合默契，我以為我們之間的感情已經心照不宣，雖然直到我離開江北妳也沒有表露心跡，但我以為妳總有一天會來京城找我，後來才知妳即使來了京城卻也從未想找過我，我便聽從父親的話娶了玉水……」

「後來，娶了妻子我才知道女人的心思原是怎樣的，我曾經雖然把妳當作女子，卻從未像對待女子一般對過妳，我以為是這個緣由使我錯失了妳，如今看來，是妳從頭到尾都沒有明白過！」

他眼中有如一汪池水般的深情，「是怪妳從未懂過？還是怪我自己自以為是，顧忌男子的顏面而從不主動向妳表露心跡？讓妳與我漸行漸遠，如今我再也沒有耐心掩蓋自己的心思……妳到底是如何看我的？」

秦守七聽了這一大段的表白徹底呆了，她活了二十多年從未這麼震驚過……原來將軍可以想這麼多……想的實在是太多了……讓她對將軍這突如其來的感情一片迷茫！

——我如何看你？我自然是把你當大哥、當上級了……還能怎麼看？男女之情？

秦守七一身的雞皮疙瘩起來了……

祝羲平日剛毅的面容如同蒙上了一層溫柔的輕紗，他向她湊近了一步，問：「守七，在妳心裡，到底喜歡過我沒有？」

秦守七的答案當然是——沒有！她這輩子都沒有把祝羲這種能讓她敬重的男人當伴侶看過！想一想她就不能接受！那是說不出的彆扭啊！

祝羲見她久久不言，心中一陣煩躁，付出的感情得不到回應，他恨透這種滋味了！

本來他對秦守七的感情早就在歲月中消滅了下去，只是再次見到她的時候，才發現那種感情原來仍舊在他的心底雀躍著。他做不到像他弟弟那般追上門去，卻又壓不住心底的渴望，便用別樣的方式再次與她聯繫上，只是這一切如今看來還是徒勞，猶如歷史重演，期望再次變成失望，她還是一如從前不會來找他……

祝義一把攬過她，低頭向她的脣壓了上去，執拗而霸道的在她脣上輾轉。

秦守七平生第二次被人強吻……

其實韓初見那次在她心裡不算是強吻，反而像是韓初見取悅她，但這次是真實意義上、事實行為上的強吻！她心中有些翻騰的噁心和不舒坦！她真的很不喜歡這種被壓制的感覺！

「秦守七——！」

一聲憤怒的吶喊聲傳來，是秦守七熟悉的聲音，是韓初見的聲音，她有些心慌又有種被解救的感覺……

祝羲聽到這突兀的聲音自然也放開了秦守七，兩人同時向聲音的來源看去。

只見韓初見騎著馬氣勢洶洶的向他們奔騰而來，然後又從他們身邊衝了過去，而後又轉了回來，最後韓初見終於順利翻身下馬，腳步如飛的衝到兩人之間，抓住秦守七的手把她拉到身後，與祝羲對峙。

「祝將軍不懂男女授受不親嗎！把人帶到這種荒郊野外做這種禽獸之事！枉為君子！」

韓初見屢次打斷他的好事，又次次以這種口吻質問他。他念及他是皇子，才未發作，此時見兩人相握的手，韓初見又是這種挑釁的姿態，更是氣沖血湧。

「二皇子此時的行為就不是男女授受不親了嗎？二皇子又有什麼資格來質問我和守七的事？我們男未婚女未嫁，難道身為皇子就可以干預別人的姻緣？」

韓初見被祝羲這麼一問，氣勢弱了一些……他確實沒什麼資格，畢竟他和祝羲做的事都一樣。

他回身看看秦守七，她抿著脣，並未替誰說話，也沒拒絕他的意思。想起上次七郎站在自己這邊，韓初見心裡有了些底氣，轉過身繼續與祝義對峙。

「祝將軍屢次將女子帶到這種荒涼之處，行不軌之事，我自然有權管，七郎剛才是願意的嗎？我明明看到是你強迫的！你身為大將軍居然……」

秦守七拉了韓初見一把，打斷他的話：「二皇子！我和祝將軍有些誤會，此事你不便參與……正好，我也有點事找二皇子，我們別處再說。」

語畢，她又看向祝義說：「祝將軍，今日之事我們改日再說，恕守七先告退了。」

秦守七不讓他說，韓初見很委屈，但是她既然拉他一起走他就不追究了！強人所難也不是他的風格！所以他乖乖的和秦守七離開。

第二章
找個能順從的就好了

兩人來到遠離祝義的地方，秦守七才回身問道：「你怎麼會來這裡？」

韓初見看她還有些紅腫的唇，想也未想便賭氣的回道：「搶妳！」

雖然她早就多少知道了韓初見的心思，不過韓初見第一次這麼直言不諱，倒是讓她刮目相看，又覺得他這樣氣鼓鼓的樣子讓她心裡十分舒坦，遂淺笑了起來。

「妳還笑！難不成妳真想嫁給祝義？」

韓初見問這話的時候真想撲過去咬她一口！他這麼正經，她居然還嘲笑他！

秦守七聞言，笑意更深，「我若是想嫁給祝將軍，就不會和你離開了。」

「那妳剛才還不推開他！秦守七，妳覺得男人吻妳是無所謂的事嗎？妳到底有沒有心！妳心裡到底在想什麼！」

他雖然知道秦守七一向如此，但是他越來越無法接受她和別人親近。如果她繼續這樣，他真的不知道自己能否堅持到最後，因為無論是她身邊的男女都讓他心焦，讓他無時無刻感到身負重擔，總是如此提心吊膽他也會疲憊不堪的……

秦守七聞言皺起了眉頭，不可否認她不喜歡這種質問的口氣，但他語氣中的無助卻讓她並不反感他的質問。

「你想娶我？」

「咳……」

本來氣沖沖的韓初見被秦守七這麼直白的一問，一股氣焰瞬間被堵住了，本來堅定的目光又飄忽了。

「那個……我是想娶妳……」韓初見說完，小心翼翼的看了看她，見她沒說話，覺得自己可能說得不夠有力度，又補上一句：「我的清白可是妳奪走的！」

此話一出，本來有點僵化的氣氛頓時變得喜感。

秦守七勾脣笑問：「就為了這個？」

「不是！我的意思是說！妳要對我負責！妳不想嫁給我也要嫁給我！我是不會放過妳的！妳休想嫁給祝羲！」

韓初見說得無比堅定！氣勢如虹！

沒錯！他終於把真實的想法說出來了！

秦守七與他對視了許久，忽然笑著湊上前去，在他殷紅的脣上落下一個輕吻。

「我等你比武招親之日戰敗天下豪傑將我娶回去。」

而後，她人便如一陣風般消失了。

※◎※　※◎※　※◎※

韓初見回到宮中依舊是呆若木雞的狀態，彷彿陷在夢境中沒有清醒。

蘇妙問了第N遍：「主子您怎麼了？」

韓初見終於回道：「七郎說等我去娶她……」

「真的嗎！恭喜主子！」

韓初見鎖眉，「可是好像有前提條件……」

「什麼？」

韓初見眉頭皺得更緊，「她讓我比武招親之日打敗天下豪傑……」

「主子，您表白了？」

韓初見點頭。

蘇妙本來替他高興的表情變成了默哀，他握住韓初見的手，安慰的說道：「主子節哀……我想七爺這是委婉的拒絕您了，她明知道您只會花拳繡腿。」

韓初見聞言，如風中落葉般淒楚的抖了抖，不過多時又精神抖擻起來，說：「哼！她既然說得出口我就做得到！我會打敗天下豪傑將她娶回來！」

蘇妙聞言，鎮定的抬手摸了摸韓初見的額頭，心中納悶：咦？沒發燒啊？

※◎※　※◎※　※◎※

夜幕降臨，無盡的黑暗就如一張巨幕將整個將軍府籠罩。

「啪。」

一聲脆響，半罈酒灑了一地，小廝魚貫而入，將醉倒在地上的祝義扶了起來。

「將軍，您醉了，該休息了。」

明明人已醉得站不穩，祝義剛毅的臉上卻無半分醉意，深潭般黝黑的眸子陰鷙的看了小廝一眼，手臂一揮將小廝拂倒在地，拎起另一罈酒仰脖喝下一大口。

「將……」

其餘的小廝還想再勸，祝羲一記眼刀過去便全都閉了嘴，大氣也不敢喘一下，眾人退到了一旁。

外面月色皎潔，因為小廝的闖入門大敞著，月光便照進了屋內。祝羲的目光中掠過了一絲迷濛，拎著酒罈晃晃悠悠站了起來，尋著月光一步步走了出去。他仰頭看著天上那輪明月，不知不覺間走到了園中的水池旁，水面波光瀲灩，幾個碎石掉落激起層層漣漪，祝羲的目光隨著層層漣漪波瀾起來，似是陷入了回憶之中。

那一夜，還是在江北之時，說起來已經有很多年了，可回憶起來那畫面卻清晰得像是發生在昨日……

征戰數月終於歇戰，祝羲向來不喜和其他將士混到一起，到了夜深無人的時候才提著換洗的衣物走到小河邊，卻不料看到了令他終身難忘的一幕。

皎潔的月光之下，她赤裸著身子站在漣漪的水光中，不似男子的粗獷，卻有著緊實的腰腹和賞心悅目的身體線條，在月光的渲染下更是泛著細膩的光暈。

她轉過身的時候，他看到了她胸前與男子不同的隆起！

如果不是這一夜，他恐怕無法發現她原來是個女子。

這一夜後，他對她有了改觀……

她雖是女子，但和他相處之時一點也不會尷尬，如平常男子般隨意。她活得真實，不像他從小恪守父親的教導，活在武將的那番天地，戴著面具和教條生活；她說她的生活、她的肆意、她的豪情壯志給他聽；在他看來她是青澀的，卻讓他無比的嚮往，不用在意他人的眼色肆意的活著，放縱自己的任性，這是他夢寐以求的事。

一直被父親的苛刻壓制的他，在她身上看到了另一番天地，看到了自己的渴望。而她也會向他投來欽佩的目光，欽佩他的睿智和勇猛。

生活在兵法中的祝羲不懂愛情，他認為和她並肩作戰、談天說地便是愛情，而愛情還是一場博奕，誰先開口誰就輸了。

直到戰事結束，他要離開，感情二字隻字未提，或是他自以為是，認為這個世界上能讓她欽佩的唯有他祝羲，他篤定適合她的人只有他！她最終一定會來找他！

可是如今……

「咚。」

一顆石子滾入水中，驚了一池的綺靡。

祝羲微愣，回想起今日秦守七的拒絕，眼神漸漸變得陰鷙起來。

鐵面將軍從來都是不溫柔的，他一向言辭苛刻，對待手下鐵面無私。但秦守七卻並未因此懼怕他，那時的秦守七不像現在這般收斂，她無法無天，次次挑戰他的底線。不知何時開始，他的冷硬在她的挑戰下漸漸有了一絲破綻……

而這破綻，他只讓她一個人看。

回到京城，他見過不少官家小姐，她們都彷彿是易碎的玻璃人，受不了他半點刻薄的言辭，憧憬的只是他將軍的光環，而不是他這個人，那憧憬在他真實冷硬的面容下碎成千片萬片，便不再想嫁他，這樣的女人他也不想娶。

後來，他遇到了玉水，她確實不同於其他女人，對他的冷硬越挫越勇，堅持不懈。

或許是厭倦了等待，厭倦了秦守七的不聞不問，他娶了玉水。玉水比其他的女人能接受他，卻仍舊給不了他和秦守七在一起時隨意的感覺，她渴望他的溫柔，一直鐵面的祝羲卻永遠給不了她想要的程度，爭吵和冷戰越來越多，玉水從朝氣蓬勃慢慢變成了暮氣沉沉，她的早產到難產而死和他脫不了干係。

玉水的死，帶給他很大的打擊，使他更不願去觸碰女人這一脆弱的存在。

借酒澆愁是他一向蔑視的懦弱行為，卻在玉水死後變成了他的習慣，或許只有這樣才能麻痺他內心的愧疚。

他當初不該娶玉水……

或許他當初應該放下那份男人的傲氣，去江北把秦守七娶進門，這樣他就不會一個人鬱鬱的守著這個空冷的院子借酒澆愁了。

祝義抬眸望了一會兒清冷皎潔的圓月，將手中的酒罈一把扔進池中。

這一次他不會再犯同樣的錯誤……

他一定要得到她！

※◎※　※◎※　※◎※

月朗星稀，風過無痕，寂靜得唯有蟬鳴聲。

秦守七坐在屋頂之上，指間轉動著白瓷的酒杯，深遠的目光越過連綿起伏的燈火，看向不知名的方向。

「啊——」

一聲女子的驚呼，打斷這片寂靜。

秦守七向聲音的出處飛身而去，一把抓住梯子上搖搖欲墜的劉嫣然，轉瞬間人便穩穩落入她的懷中。

秦守七扶著劉嫣然坐下，問：「三嫂，妳怎麼會在這裡？」

劉嫣然撫著胸口，剛從驚嚇中平復了下來，仍有些虛喘：「我見妳一人在房頂上喝酒，便想上來看看妳。」

秦守七看她穿著單薄的衣服，外衣都沒有披，想必是已經休息了又起來的，「怎麼這麼晚還沒睡？」

屋頂上的夜風更涼，劉嫣然緊了緊衣服道：「妳也知道念兒一向夜來歡，剛剛才洗漱完睡下，我出來倒水便看到了妳。」

秦守七見她畏寒的樣子，將外衣脫下來轉而披在了她身上，「讓下人來做不就好了?穿得這麼單薄還親自出來倒水。」

秦守七突然為她披上衣服，這披衣的動作將她環在臂彎之間。雖然知道是七妹，但近在咫尺的俊顏依舊讓她有些羞澀，微微扯了下身子才道：「下人也是人，這深夜裡的人家也該睡了，再說我一向都不喜使喚人，能自己做的事何必麻煩別人。」

在這些嫂嫂之中，秦守七最喜歡的便是三嫂，不僅僅因為她是三哥的媳婦，更因為無論歲月如何變遷，三嫂一直待人隨和，不像其他嫂嫂一般挑剔多事。

「秦家能娶到三嫂這樣的兒媳是秦家的福氣。」秦守七語畢，便是真誠的笑容。

皓月的光華照在她溫和的笑顏上，讓劉嫣然呼吸一滯——七妹這樣的女子真該生成男子才是。

略微有些彆扭的撇開頭，劉嫣然道：「七妹就不要調侃我了。妳這大半夜的不睡覺在屋頂上喝酒做什麼？難道鏢局出了棘手的事情嗎？」

秦守七也注意到她臉上有幾分尷尬，三嫂向來謙虛，這麼誇她果然會不好意思的！見她轉移了話題，秦守七便順著她的話答道：「鏢局沒事，只是有些事情想不通，沒有什麼睡意。」

「什麼事？不妨和我說說？」

看了看三嫂關心的表情，似乎和人說一說也不錯，反正她自己肯定是想不通的。

秦守七神色有些糾結，良久舒了口氣問道：「喜歡一個人該是怎樣的？」

突然聽到秦守七問這個問題，劉嫣然表示很驚悚，但驚悚過後也就平靜下來了，是姑娘總會懷春的，秦守七好歹也是身體上的姑娘！

劉嫣然想了想，沉吟一聲道：「大抵是看到他便會開心，會不自覺的在人群中尋找他的身影……嗯……在心中，他便是自己的英雄那種感覺。」

秦守七單手托腮想了想，眉頭微微皺著問道：「崇拜的人？」

劉嫣然微微點了點頭，「差不多。」

想想祝義，是她曾經崇拜過的人，昔日在江北大多時候也喜歡看著他，他的沉穩和淡定一直是她想學習的，這就是喜歡？

不過，今天聽了他的一番話，她感到十分震驚，尤其被他強吻，好像曾經很多記憶都被顛覆了，非常的不自在。

「如果和這樣的人親近呢？」

「啊？」

劉嫣然突然覺得話題有點深入了，驚呼了一聲，鎮定了一下才說道：「很喜悅、很激動……大抵是這樣的。」

秦守七摸摸下巴，側過頭繼續問道：「如果覺得反感不能接受呢？」

「那應該是……不喜歡……」

秦守七沉默了，說了半天什麼收穫都沒有。

回顧自己的感情路，她覺得很混沌，很多時候她都沒有多想，一切都是本能，感覺好就靠近，感覺不好就疏離。她曾經和祝義相處挺好的，但現在好像有些變樣了，怎麼也找不回曾經的感覺……

而和韓初見……

韓初見說喜歡她的時候，心情應該是愉悅的，韓初見的反應總讓她覺得很有意思，很想戲弄他……但又和戲弄別人的感覺不太相同……

劉嫣然試探的問：「七妹，妳有沒有那種在一起就很開心，看不到就會想念的人？」

想想韓初見，她似乎總會在清閒的時候想起他。

「應該是有。」

「那妳有會想要和他成親、永不分離的人？」

秦守七很誠實的搖了搖頭，成親這兩個字在她心裡還沒有明確的概念，永不分離的人她從未想過。

不想分離就能不分離嗎？

這世間沒有誰離不開誰的，否則就是庸人自擾！

見她如此，劉嫣然嘆了口氣道：「七妹，比武之日就要到了，妳心裡沒個人選嗎？難道真要隨便嫁個人嗎？」

「不然呢？」要不是她爹催得緊，又有這麼兩個人，她也不會大半夜的在房頂上喝酒。

「這婚姻不比其他，嫁雞隨雞、嫁狗隨狗，嫁了人妳就是夫家的了，再不能像現在這般無所顧忌。不然妳覺得婚姻是什麼？只是多了一個人嗎？」

「唔……」

秦守七就是這麼想的，成親和沒成親的區別就是……有人一起生孩子了。

見她明顯苟同的神色，劉嫣然繼續嘆氣：「七妹，聽嫂嫂一句話，這嫁的人一定要合自己的心意，否則將來合不來，苦的還是妳。」

秦守七望天，覺得滿眼都是星星，完全不能理解。

劉嫣然見她絲毫不明白的樣子，再接再厲：「妳說，若是妳夫家不讓妳繼續做鏢局、東奔西跑，讓妳在家相夫教子，妳會願意嗎？」

秦守七側過頭問：「他為什麼管我？」

「因為他是妳夫家，在家從父、嫁人從父、夫死從子，女人的一生便是這樣。」

可她在家從來沒順從過父親……

當女人果然是麻煩……嫁人更麻煩！

「七妹，妳明白了嗎？」

秦守七皺眉想了想，點了點頭，「好像明白了，那我找個能順從我的就好了。三嫂謝謝妳，夜深了，我送妳回去休息吧。」

劉嫣然欲哭無淚。她還是沒明白呀！

「七妹，哪有妳說順從他就順從的……」

秦守七聞言淡淡一笑：「三嫂，妳不用替我擔心了，他要是不順從我，我就把他打順從了。快回去休息吧。」

而後二話不說，秦守七抱著劉嫣然下了房頂，徑直送回了房間。

看著秦守七離去的背影，劉嫣然就替她夫家著急，這七妹明顯是把嫁人想成了娶老婆，壓根就沒明白她的意思啊！

※◎※　※◎※　※◎※

「守七～這葛爺果然有錢啊！這可是榮兆年間的白釉瓷瓶，不僅保存完整，色澤上乘，還是難得一見的長頸瓶，有錢都不一定能買到！」

宋清歌拿著手中的長頸瓶左看右看，愛不釋手。

秦守七又拿出另一件瓷器研究：「何止那一件。這趟買賣可不好做，此次就讓路雲親自去吧！葛爺的東西不好怠慢了，你把價格估好了，萬不能偏差太大。」

宋清歌聞言眉頭一挑，「我妳還不放心嗎？放心吧，這價絕對估得十拿九穩，讓葛爺說不出個『不』字！」

兩人正在談話間，外面傳來敲門聲，小廝在門外說道：「七爺，外面有位將軍說是您的舊友。」

將軍？祝羲？秦守七皺起眉來。

「呵，是那位祝大將軍吧？守七呀～最近妳命犯桃花啊～為兄終於不用愁著把妳嫁出去了～」宋清歌說著，還一副長兄的樣子拍了拍秦守七的肩。

秦守七原本有些不舒服的心情被宋清歌這麼一說，反而放鬆了下來，拍開他的手，「少貧嘴。」

而後兩人鎖上櫃子，前後腳出了門。

到了會客室的前廳，那人穿著一身便裝也掩飾不住身上的雷霆之氣，不是祝羲，卻是周有文。

秦守七笑著走上前去：「周兄。」

周有文聞言扭過身來，朗聲笑著走近，「什麼周兄啊！文謅謅的！妳還是同從前一般叫我虎哥吧！」

秦守七謙和一笑，問：「虎哥怎麼來了？」

周有文一向表情生動，佯裝不樂意的挑眉道：「怎麼？不歡迎我啊？」

「怎麼會？怎麼也沒人上壺茶來，來人！上壺好茶來！」

周有文趕忙擺手叫住了去要茶的小廝，對秦守七說：「不了！七妹，虎哥今兒個是來叫妳喝酒的！去不去？以前那些在戰場上生死與共的兄弟可都聚齊了等著妳呢！」

話到這分上了，秦守七自然沒有不去的理由了。

「虎哥親自前來叫我，又有諸位兄弟等著，守七怎能不去？待守七回內室換件衣服。」

「去去去！趕緊的！」周有文擺手催著，又看到了秦守七一旁的宋清歌，說道：「這位是宋清歌宋掌櫃吧？早有耳聞啊！宋掌櫃也一起去吧！」

本來在旁邊當個看戲觀眾的宋清歌一聽他提到自己的名字，抬手指了指自己問：「我也去？」

「有什麼不能去的？俺們這幫人最不忌諱的就是交朋友了！」

宋清歌的興趣愛好也是交朋友，當即緩過神來點點頭，「去去去！」

第二章
七爺中計！

一千武將包了戲樓的二樓聽曲，三、四個人一桌，有些人秦守七早已沒了印象。周有文帶著她和眾人寒暄一番，便引她在一桌坐下。

本來宋清歌想坐在秦守七旁邊的，卻被周有文無意間擠到了一旁。宋清歌一個外來的也不好說什麼，有地方便就坐下了。

環顧一周，祝義並不在這裡，秦守七略微鬆了口氣，祝義那愈加強大而且怪異的氣場總讓她有些不自在。

「來！守七！看看我閨女還有印象嗎！」

周有文指向坐在宋清歌旁邊的姑娘，約莫十五、六歲的樣子，不像她爹那般虎頭虎臉，長得十分秀氣，長髮高高束起顯得英姿颯爽，一看就是個爽朗的姑娘。

秦守七點點頭，「有些印象，周瑩？」

周有文哈哈大笑：「對！我家這小蹄子七、八歲的時候就嚷著要嫁妳，我就說妳一定記著她！」

小姑娘聞言紅了臉，嗔怪的叫了一聲：「爹！」

周有文笑了笑，說道：「守七，要麻煩妳個事了，我把這孩子託付在妳那，妳替我訓訓她，省得她天天無法無天，不服我管教！」

說完，他又在秦守七耳邊小聲低語：「這小蹄子前些天去找妳，看上了你們那的宋掌櫃，替我給這小蹄子撮合撮合。」

秦守七聞言，了然的點點頭，說：「行，姑娘家從文的好，讓她跟著清歌練練吧，反正他也閒。」

「我？」正在捏點心吃當空氣的宋清歌聞言，驚訝的抬起頭來。

宋清歌拒絕的話還沒說出口，身邊的小姑娘便舉起茶杯一敬：「師父。」

她語畢仰脖喝下，宋清歌想拒絕也遲了。

看著宋清歌吃癟的臉，秦守七就想笑，這小姑娘雷厲風行，和她爹一樣，以後可有好戲看了，省得宋清歌天天閒著沒事看她好戲。

這事剛撂下，二樓便來了人，身材高大，即使穿著便裝也難掩將軍的氣勢，一出現就是焦點，正是祝羲。

周有文自發的站了起來招呼道：「將軍！這裡這裡！」

本來環顧四周的祝羲聞言，闊步走了過來，周有文便把位置讓了出來，秦守七身邊的人就換成了她目前最不願意見到的祝羲……

祝羲到場以後自然成了焦點，開始上了酒席，各桌的武將不時來敬酒，而與祝羲同桌的秦守七也無故被敬酒，一番下來連平時不容易醉的秦守七都七葷八素了，再看身側的祝羲依舊氣定神閒，絲毫沒有醉意。

空閒之時，祝羲湊到秦守七耳邊低聲問道：「還好嗎？」

秦守七神色微醺，單手支著頭，瞇起眼睛看著他，答非所問：「大哥何時這麼能喝酒了？」她可記得祝羲很看不起那些喝得爛醉如泥的人，所以他自己並不怎麼喝酒，酒量差得很。

祝羲垂下眼簾，手指轉著酒杯，低喃道：「很久了。」

秦守七蹙著眉頭，指尖沒入髮絲，頭部有些隱隱作痛，「祝將軍曾經三杯必醉，如今都是千杯不倒了，時過境遷，人果然都會變。」

祝羲聞言抬起頭來，與她相視，桌下的手握上秦守七桌下的手，十指相扣，「守七，我一直沒變，只是更像我自己了。除了把我當祝將軍，妳可以用另一種身分看待我。」

指尖傳來的力道不容抗拒，秦守七縮了縮，卻沒有縮回去。

祝羲的目光太過幽深，秦守七不自覺的低下頭，拿起酒杯抿了一口才道：「不把你當將軍，把你當什麼？」

祝羲伸手摸向她的下巴，促使她與他對視，指腹抹去她唇上的酒漬，他傾身過去，二人的鼻息咫尺間糾纏，一股酒香蔓延開來。

「把我當妳的男人。」

如蠱惑般的聲音傳來，讓酒醉的秦守七分不清實與虛，一陣頭暈目眩，秦守七撤開相握的手撫上額頭。

「我先出去透透氣。」語畢，她起身向樓梯走去。

祝羲目光沉了沉，轉身對周有文說道：「我先走了。」

周有文心領神會的點點頭，舉杯起身道：「將軍有事先走了，我們繼續喝！來！」

眾人舉杯附和，但是在座的人多多少少都看到了祝羲和秦守七的親暱，兩人前後腳走了以後，更是悄聲議論開來。眾所周知祝將軍很多年不親近女色，而如今和秦守七這個風雲人物旁若無人的親暱……

宋清歌聞聲，向秦守七本來坐的地方看去，居然沒人了！他一直被旁邊的小丫頭纏著，偶爾也能注意到秦守七那邊的不對勁，結果……她和祝將軍走了？

秦守七走了，他也沒理由留下來，便起身要告辭。

周有文見他要走，按下他的肩，遊說道：「宋掌櫃，這酒才喝了一半走什麼啊！繼續喝！你今天走了就是不給周某面子！」

「可是守七她……」

「你放心吧！七妹有將軍送回去呢！來！我們繼續喝！」

宋清歌無語凝咽。祝將軍送回去他才不放心呢！

宋清歌隱約覺得今天的氣氛有點不對勁，他是不是該找機會通知韓初見？他私心裡是覺得韓初見比較適合當妹夫。若讓那個嚴肅的大將軍當妹夫？想一想他就妹夫不起來……

※◎※　※◎※　※◎※

出了戲樓，秦守七走到比較安靜的拐角處，只覺得頭暈目眩的感覺愈加強烈，難道是因為今天喝酒喝得比較急？

秦守七無力的靠在身後的牆壁上，喘出一口酒氣，揉著隱隱作痛的額角，忽然感覺被一片陰影籠罩，抬起頭來，她看到祝義模糊的容顏。

「守七。」

他輕喚著她的名字，一手攬上了她的腰，另一隻手扣住她揉著額角的手抵在牆上，傾身過去將她徹底籠罩在他的陰影之下。

剛毅俊朗的五官瞬間清晰，秦守七微微別開頭，「將軍怎麼也出來了？」

祝羲彎下高大的身軀，低頭追逐上去，使她的目光無處可退，鼻尖與鼻尖近在咫尺。

「為什麼要躲著我？」

躲？說不上，她只是不太想見到祝羲，卻沒有刻意躲著他。不論祝羲會不會出席這頓飯局，她也不會因為祝羲而刻意避開。

此時她頭暈得厲害，怎樣的思考都顯得艱難。秦守七搖了搖頭，被遏制住的手腕掙扎了幾下，輕聲道：「我沒有。」

感受到她的反抗，祝羲緊勒她的腰肢，不依不撓的步步緊逼道：「如果沒有今天這場宴席，妳是不是不打算再見我？」

她為什麼不打算見他？如果有必要的往來見面肯定是不可避免的啊！她是有什麼打算或者不打算的嗎？

秦守七有些迷茫的看著他，「將軍……」

他打斷她的話，湊近，唇瓣擦在她的唇瓣上，一字一句道：「秦守七，今天這場宴席就是為妳準備的……」

語畢，他封緘住她的雙唇。

這次不是執拗不安的豪強掠奪，而是獵物盡在掌握的淺嘗輒止，一寸寸品嘗她的滋味，感受把她生拆入腹的滿足感。

曾經多少次在虛無的幻境中將她占有，卻不及此時淺嘗她一分一毫的真實感，唇舌輾轉間真實的觸感，激起了內心深處積壓了許久的對她的慾望……

他粗喘著將吻加深，扶在她腰間的手掌恨不得透過衣服揉進她的體內。

「嗯……」被他濃重的力道弄痛的秦守七輕吟一聲。

沒有了刻意的掩飾，這輕吟聲在祝羲腦中百轉千迴，腐骨銷魂。

在她唇上暗暗咬了一下，而後離開，祝羲望著她此時混沌的目光，打橫將她抱起，向後門走去。

祝羲走暗門回到府中，進了內室，這間房他不曾讓任何人進過。

祝羲將秦守七推入被褥之間，傾身壓了上去。他知道這張陷在混沌中的面容是假的，但無論秦守七的真實面貌是如何的，得到她，他勢在必得。

作為一個武將，他也許不該如此魯莽，應該循序漸進虜獲她的身心，但對待從不按套路出牌的秦守七，唯有先下手為強，才可壓制住他不安的心神。

他不想讓如今被填滿的心再次回到空洞難耐的寂寞之中，與其潛伏，不如豪強。

「守七。」

他五指拂過被布料包裹著的前胸，落在腰際，解了她的衣結。

他將脣覆上，輕吮她的滋味，手指撥開層疊的衣衫，灼熱的氣息愈加強烈。沒有女子的肚兜，唯有層疊的布料，他攬起她的腰，一圈一圈將布料解下……

與此同時，舌尖探入她的口中，那裡還有醇香的酒氣，本來沒有醉的神智卻被她口中的酒氣迷醉了，她探舌回應，嫻熟和自然，讓他既沉淪又憤怒。

咬上她的舌尖，血腥的氣味瞬間蓋過了酒氣，本來舒緩的動作劇烈了起來，血腥的味道讓祝羲心底湧動的慾望更加澎湃，這種味道一向代表著生殺、搶奪和占有！

他將她狠壓在床上，火熱的手掌拂過一寸寸緊實的肌膚，那天月光下的身體，如今就在他的手掌之下……

握上她並不大卻手感極好的胸，反覆的揉捏，她喉中溢出細碎的呻吟，急切的追逐他的唇齒。

原來她動情的樣子，亦是這樣美好。

他再也按捺不住，褪下她的衣衫，唇齒移到她耳際廝磨，「守七……」

※◎※　※◎※　※◎※

宋清歌好不容易擺脫了那個纏人的小姑娘，在戲樓裡找了一圈卻沒有發現秦守七，回了鏢局仍找不到人，去了趟秦府人也不在，還差點驚動了暴躁的秦老爺。

去將軍府……以他的身分根本就進不去……祝大將軍也是個有頭有臉的人物，堂堂一位將軍，應該不會對秦守七怎麼樣吧？再者說，秦守七也不是軟柿子啊……他不如就別操這個心了……

於是，宋清歌再次回到鏢局，在大門口就見一人騎著馬風風火火向這邊衝了過來，若不是他躲閃得及，恐怕就要被撞飛了！

那人在他身後不遠處停住了馬，迅速翻身下馬急速向他走來。原來是韓初見，怪不得這麼冒失！

「宋狐……宋清歌！秦守七在哪呢！」

韓初見一副火急火燎的樣子，就連表面上的平和都不願意裝了。

他先前聽跟著秦守七的暗衛說，秦守七出了戲樓便失去蹤影，更可惡的是，連同祝羲一起不見！

他好不容易擺脫了母后出來，暗衛卻說四處都找不到兩人，又說宋清歌當時在場，他便先找宋清歌問話，誰知找了多時才找到宋清歌，這會兒真是急得不得了。

宋清歌看韓初見急得一頭汗的樣子，就不逗弄他了，搖了搖頭說：「不知道，喝酒中途和祝將軍走了，我現在也找不到人。」

一聽宋清歌也不知道人在哪，韓初見更急，抓著他的手臂就問：「秦守七喝醉了沒？」

宋清歌仔細想了想，似乎是有點醉了，遠遠看著，那兩人總是交頭接耳低聲說著什麼，秦守七不時用手按著頭部，她有些醉的時候就會這樣。

宋清歌點點頭，「好像是醉了。你也別擔心了，她跟祝將軍在一起能有什麼事啊～難不成祝大將軍還會趁人之危不成？怎麼說也是個將軍，幹不出這種事的，再者說……」秦守七也不是那種吸引人……的姑娘是不是？

一聽她喝醉了，韓初見就急得打轉，宋清歌安慰的話根本就和放屁一樣！

「喝醉了？！祝義果然卑鄙無恥！不行！我一定要找到秦守七！」說完，他轉身就走。

宋清歌上前拉住急躁的韓初見，「喂！你去哪啊？我看祝將軍也不是那樣的人，你別以小人之心度君子之腹，瞎著急。」

韓初見回頭怒喝道：「你知道個屁啊！祝義就是那種卑鄙小人！被我抓住兩次了！不行！我要去將軍府！現在只有將軍府沒去過了！」

韓初見甩開宋清歌翻身上馬，宋清歌看他心神不定的樣子，也有點擔心秦守七了，俗話說氣氛是會傳染的……

「你等等！我也和你去！」

韓初見根本沒理他，一揚鞭人就走了，宋清歌趕緊回去牽馬追了上去。

兩人策馬來到將軍府，因為焦急難免有些氣勢洶洶，未上階梯便被兩個侍衛攔了下來。

「來者何人？」

韓初見不耐煩的皺皺眉，拿出懷中的令牌。

兩個侍衛一見令牌，當即單膝跪禮：「二殿下。」

連免禮都沒說，韓初見急匆匆進了將軍府。他才剛邁進前廳，將軍府的老管家自後方迎了上來。

「不知二殿下駕到，老奴有失遠迎，望殿下恕罪！」

韓初見微回身冷眼看去，問：「你家將軍呢！」

老管家被韓初見劍拔弩張的神色驚得頓住了腳步，屈身恭敬道：「回殿下的話，將軍外出會友，此時還未回來。」

一甩衣袖，掃過一陣寒風，韓初見回過身來，語氣有些咄咄逼人：「你家將軍當真不在府中？」

老管家低眉折腰，恭恭順順的答道：「老奴豈敢欺瞞殿下！」

「是嗎？將軍既然不在，老管家就帶我在這府中轉一轉。」他說完便走。

老管家快步追了上去，擋住了韓初見的去路，「老奴身分低賤，怎能與殿下同行？不如殿下在這廳中稍等片刻，老奴這就叫人去尋將軍。」

韓初見聞言，揚眉譏笑道：「怎麼？你這將軍府有什麼見不得人的地方嗎？還不敢帶本皇子轉一轉？」

「自然不是，只是老奴身分低賤做不得主，怕怠慢了殿下……」

韓初見不耐煩的一揮衣袖打斷他的話：「恕你無罪。」語畢，他繞過老管家向裡面走。

老管家一時心急拽住韓初見的衣袖，韓初見厲色揮開，再也無心和這個老管家周旋，怒喝道：「放肆！本皇子的袍子你也敢拽？將軍府的管家就是你這麼當的！」

老管家當即跪地喏喏連聲道：「殿下恕罪！殿下恕罪……」

宋清歌看著眼前這幕有些怔忡，韓初見在人前一向隨和好說話，如今這戟指怒目的樣子倒是頭回見到，不禁感嘆皇家就是皇家，即使外表看起來像隻貓，骨子裡還是老虎。

宋清歌咳了一聲上前道：「老管家，二皇子不過是想參觀一下將軍府，這有何為難的？若怕將軍怪罪，還有二皇子頂著呢！你就不要攔著我們了！」

這話說起來像是勸人，實則潑皮無賴，他宋清歌最擅長這種事了。

韓初見聞言，直接無視老管家，繼續向內走。

此時，一個小廝從大門外飛奔而來，急急忙忙喊道：「殿下！殿下！」

韓初見一回身，見到此人是為蘇妙辦事的小廝，便頓下腳步等他過來。

小廝走近後湊在韓初見耳邊低語了一番，韓初見當即變了臉，未聽完便快步走出了將軍府，牽過馬一躍而上，揚長而去。

「韓初見！你去哪啊！」

宋清歌喊完卻見沒人理他，想問小廝怎麼回事，小廝竟然也一溜煙跑了！與還跪在地上的老管家對上一眼，宋清歌尷尬的笑了笑：「既然殿下走了，宋某也先告辭了，代我向將軍問好。」

※◎※　※◎※　※◎※

韓初見一路趕去「入戲」，自後門進了內院，遠遠的便見到蘇妙守在一間廂房前面踱著步子。

「蘇妙！怎麼回事！」

蘇妙聞言一抬眸，就見他家主子滿頭大汗的快步走過來，哎呦了一聲，掏出懷中的帕子迎了上去，邊擦著韓初見的額頭邊說道：「哎呦我的主子！看看您這滿頭的汗！現在天氣漸涼，著涼了可如何是好！」

韓初見煩躁的揮開他的手，「我問你怎麼回事！」

「主子，您急什麼啊！我前些日子派了兩個暗衛進了將軍府，沒想到今日就見到將軍抱著七爺從暗門回到府中，兩個暗衛怕回來通報就晚了，便在將軍欲行不軌之時，一個裝成刺客引走了將軍，另一個將七爺抱了回來，現在您的七爺就在這屋裡躺著呢～」

韓初見聞言，當即怒罵了一聲：「卑鄙無恥！」

蘇妙聞言苦著臉道：「殿下，我這不是為了您才安排暗衛進……」

「蘇妙你沒帶腦子嗎！我罵的是祝義！你添什麼亂啊！那兩個暗衛該好好獎賞！你……也賞！要多少自己去掌櫃那裡撥銀子！」

韓初見說完便要開門進去，剛撫上門環，又頓下腳步，回身看向暗喜的蘇妙，問：「蘇妙，七郎她現在如何？還好嗎？」

蘇妙聞言搖搖頭，「恐怕不太好，七爺被下了藥，此時又……」說到這，蘇妙為難的頓了頓，看看主子的神色才繼續道：「所以我也不敢派其他人伺候，主子您就親手伺候您媳婦吧，一會兒蘇妙派人送熱水來……主子，您辛苦了，不要太操勞了，差不多就好了。」

韓初見一聞言，臉紅了個透，「呃……這樣真的沒事嗎？」

蘇妙堅定的點點頭，「嗯！只要主子您沒事，就應該沒事。」

韓初見有些歡喜又有些躊躇，「這不太好吧……」

蘇妙義正辭嚴：「有什麼不好的！七爺可不是那種拘泥小節的人！」

韓初見頓時內心無比澎湃，相當期盼，但還是裝模作樣道：「這……這有些趁人之危吧？雖說給她下春藥的人也不是我，但是這樣做怎麼說都有點……」

蘇妙聞言瞪大眼睛，驚叫道：「主子！您想什麼！七爺不過是中了普通的迷藥！我是說她現在衣衫不整，不方便別人伺候！讓您給她穿衣服！」

韓初見一顆雀躍的心瞬間碎成千片萬片，碎過之後憤憤起來，怒道：「不賞了！」而後推門進屋了。

蘇妙無力跪地，內心後悔不已：我腦殘！我應該替主子下好春藥的！為主子製造正大光明要流氓的機會！捶地！我不是個貼心的好奴僕！

第四章 就喜歡你這口

韓初見進屋以後有些緊張，雖然秦守七沒有中春藥，但是衣衫不整……唔……這景象反倒像是對他下春藥吧？

——等等！七郎衣衫不整！那侍衛是怎麼抱回來的？占我家七郎的便宜！

韓初見想著，快步進了內室，看到床上的人之後，一顆心就落下來了，原來還裹著祝羲他家的被子！不過……那侍衛真的沒看嗎？不行！他一會兒要去問個清楚！

此時……此時他先去看看七郎衣衫不整到什麼程度吧……

韓初見輕步走至床邊，只見秦守七閉著眼睛，似是睡著了又似乎睡得不安穩。韓初見看她身上裹著祝羲的被子就不順眼，伸手過去，心跳快如擂鼓，他深吸了一口氣，才把被子抽開扔在地上。

沒了被子的遮掩，秦守七衣衫凌亂，衣服是鬆開的，沒有褲子，不過衣袍恰巧遮住了關鍵部位，露出了光裸的側面和兩條修長的腿……

韓初見感覺一股熱血直沖腦頂，心臟跳得彷彿要彈出胸口，「好想摸一摸」是他唯一的想法……

「七郎？」

叫了一聲沒有回應，韓初見吞了口口水，大著膽子悄悄走到床邊，試圖把自己的眼從那兩條修長的腿上解放，他媳婦的腿……真誘人……

下面酸脹的感覺又回來了……強迫自己移開目光，韓初見默默的注視著秦守七的睡顏，平和得沒有一絲平日的嚴肅。

——反正她睡著了……還被下了藥，偷偷親一下，順手摸一下……應該不會被發現，也不算太過分的趁人之危吧？是吧？是吧？是吧？！

韓初見彎下身子，雙手輕輕撐在她的頭部兩側，見秦守七一點反應也沒有，才屏住氣息緩緩壓了下去，碰上她柔軟的唇……韓初見就跟腦子裡炸了什麼似的，雙手有點撐不住，這種偷偷摸摸的親，讓他下面脹得更難受了！

就這樣單純的壓在她的唇上，秦守七一點反應都沒有，韓初見才大著膽子動了起來，雙唇輕輕的在她唇上輾轉，覺得愈加不滿足才探出舌尖抵進她口中，他媳婦嘴裡有濃濃的酒味。想起他媳婦差點被祝義那個渣渣染指，韓初見心裡就竄火！

——乾脆把媳婦就地正法了吧！萬一被祝義那個無恥小人搶占了呢？趁人之危就趁人之危吧！總比丟了媳婦好！

韓初見這麼想著，就在她的口中放肆的翻攪起來。

這時，秦守七動了一下，口中溢出呻吟聲，韓初見嚇得反射性的收回了唇舌。

看著依舊閉著眼睛的秦守七，韓初見心中奔騰著千萬匹草泥馬。

——我幹！真委屈！我怎麼就沒膽子禽獸呢！

韓初見抱怨著自己，再仔細一看，秦守七剛才那一動，讓胸前的衣服滑下去了一些，露出了粉紅一點……

韓初見的胸口瞬間就萬馬奔騰了……

——等等！那露出的胸脯之上還有可疑的紅點！那是？！

小黃書韓初見也看過，那明顯就是祝羲那個渣渣留下的痕跡！

禽獸！他必須禽獸！今兒個一定要把媳婦就地正法！

手掌覆上紅珠四周揉搓，恨不得把那上面的斑斑紅痕都蹭下去，可事實證明，除了他的一腔熱血更加沸騰，並沒有什麼實質性的變化……

秦守七口中無意識的溢出一絲輕吟，韓初見腦中嗡嗡一響，踢了鞋子就跨上床，將身子支在秦守七之上，解了自己的幾個衣結，卻覺得一股熱氣沖上臉來，更讓他有些急躁。

雖然腦子裡想著「我要勇猛的將七郎就地正法」，但是到了辦事上還跟偷香竊玉的小賊沒什麼區別。

他傾身吻上紅唇，輕啄她的唇瓣，卻不敢用力，也不敢緊貼著她的身子，生怕她突然醒來將他踹下床。

他壓根沒想過扼制住她雙手之類的技巧……想強上人，也是要有技術的啊！

韓初見正自滿於自己這種偷香竊玉的行為，身下之人微張雙唇探出香舌與他糾纏，韓初見猛然睜開眼睛，近在咫尺的這人明明沒有睜眼啊？

而她的反應卻一點也不像個睡著的人，纏吻的動作愈加激烈，五指扣上他後腦的髮絲，將兩唇緊緊密合，彷彿要汲取他口中所有的空氣……

她的嫻熟他也不是第一次領教了，從第一次見面開始他就知道自己不是她第一個吻的男人，沒準兒就連摸那地方都不是第一個……

雖然他曾經試圖想問，但卻從未尋到機會，也難以開口。

說不介意都是假的，但若介意又能怎樣？她的以前他也沒參與過，只能防著她以後，所以能不想就不想……

但被她吻著彷彿喚起了過往的所有記憶，就跟過戲一樣在他腦中過了一遍，曾經的徘徊和掙扎的滋味都重新經歷了一遍……

他有段時間是真的不知道她其實是個女人，所以……他要鼓起多大的勇氣才回到她身邊，然後發現她其實是女人啊……

突然一陣天旋地轉，韓初見瞬間從男上的位置變成男下了！

那熾熱的脣已經離開他了，四目相對，她的眼睛是清明的，帶著一絲狡黠和笑意。這個姿勢，她胸前的肌膚都是袒露的，不過突然被逆轉的韓初見此時是沒有心情去看的。

這麼對視了許久，韓初見才算找回自己的聲音，顫聲道：「七……七郎……」妳什麼時候醒的……

秦守七目光看向他的脣，伸出大拇指在他脣上抹了一下，「你這狗舔似的動作什麼時候才能有點長進？我忍笑忍了很久。」

說完，她笑意連連的看著他。

——侮辱！赤裸裸的侮辱！

韓初見一臉窘色，彷彿剛才被無知覺占便宜的人是他而不是她！

想他還偷偷摸摸、小心翼翼的生怕她發覺，而她其實早就知道，還正等著他出洋相呢！這簡直太丟臉了！簡直沒臉見明天的太陽了！為什麼他就不能占了人的便宜就跟個沒事人一樣呢！是他韓初見的臉皮太薄，還是別人的臉皮都太厚啊！

秦守七看著韓初見一臉受侮辱的樣子，笑得直不起腰來，伏在他肩上一顫一顫的笑著。

韓初見怔忡的望著床頂，欲哭無淚，有比他更丟臉的採花賊嗎？要不是秦守七此時趴在他身上，他真想找個地方龜縮起來！

等等……趴在他身上……

此時她那光裸的肌膚就和他隔著薄薄的衣服，他甚至能感覺到她胸前的輪廓……

韓初見臉上燒得厲害，偏過頭，期期艾艾的說道：「妳還笑……」

秦守七聞聲，抬起頭對上他的雙眸，唇邊依舊掛著笑，「是你，我才笑呢。」

韓初見聞言，覺得這話有點不中聽！

——這話怎麼說的！合著我在妳眼裡從頭到腳就是好笑唄！

韓初見憋著口氣，張嘴就反脣相譏：「那要是祝義呢！」說完又覺得這話不對，他為什麼要跟祝義比呢？但說出去的話如潑出去的水，他扭過頭，與她對視。

她手肘撐在他胸膛上，手摸著自己的下巴，反問他：「你覺得呢？」

她這種漫不經心的態度讓韓初見莫名的火大：「我哪知道？！我又不是妳！」他說完，又撇開頭。

秦守七見他這樣，繼續低聲笑著，讓韓初見完全搞不懂自己有什麼好笑的！

他撇嘴道：「妳知不知道之前發生了什麼事？妳知不知道祝羲想幹什麼？」

聽了韓初見的話，秦守七依舊神色淡然，淺笑著說：「知道。」

——妳既然知道，現在還笑得這麼沒心沒肺！妳這個混女人是不是真的沒心啊！有沒有點身為女人的自覺性啊？失身這事是這麼輕鬆的話題嗎？！

「那妳還笑？祝羲若是對妳做了什麼，妳怎麼辦？嫁給他？」

「你說能怎麼辦？祝大將軍想娶我，我還要死不活嗎？我區區一個賤商還能不知好歹的拒婚？再者說……嫁將軍可是旁人盼不來的殊榮。」

說完，秦守七依舊滿不在乎輕笑的看著他。

她說得很輕巧，就好像和他韓初見在一起的這些日子絲毫不會影響她嫁人！

一口氣就堵在胸口怎麼也撒不出去！他韓初見的真心就換來她這種不在乎的態度？對她自己不在乎，對於他更是不在乎！

「妳既然想嫁將軍，那剛才算什麼？現在又算什麼？耍我玩很開心嗎？他是將軍，我韓初見還是皇子呢！早知妳就喜歡祝義那口，我就不該對妳這麼客氣！什麼情啊愛啊！妳這女人就是該治！」

他韓初見就是太在乎這個混女人的心了！其實這個混女人根本就沒心！對她就應該和祝義一樣！

他伸手攬上了她的腰，一翻身就將她桎梏在身下。

——霸王硬上弓嘛！誰不會啊！我韓初見也會！

見她依舊輕笑著看自己，韓初見就有種委屈的感覺，剛想氣勢洶洶咬她那狀似嘲諷的笑容，她一抬手攬上他的脖子，前所未有的輕吻一下他的脣。

「誰說我喜歡祝義那口了？我喜歡你這口。」

她總有這種能力，一句話就把他氣焰囂張的心情壓制下去。

韓初見有些目瞪口呆，「妳說……什麼？」

她手指磨蹭著他頸上的髮絲，問：「你想娶我嗎？」

這話她早就問過了吧？

「關鍵是妳想嫁我嗎……」

她依舊摸著他的頭髮，摸得韓初見脖頸發癢，但是他依舊堅定不移的看著她，等待著她的答案。

「我也不知道，不過因為今天的事，我覺得比起嫁給別人，嫁給你似乎比較好。」秦守七說著，臂彎使了使力，將韓初見拉得更近了一些，「被祝羲堵住的時候，我有種感覺，我覺得你會來找我。」

「如果我沒來呢？」

「沒有如果。」

秦守七說得很自信。

——沒錯，妳自信得對……但是……

「那……如果我趕不及呢？」

秦守七聞言也沉默了，今天的事確實是她疏忽了，又或許是對祝羲太信任，根本沒有往那方面想，也沒有設防。若是真的和祝羲……恐怕她從此就和韓初見各走一邊了，只是想一想，這種感覺很不舒服。

如果要和一個人過一輩子，韓初見或許是最適合她的人。

「沒有如果了，我以後會小心的，今天的事我會和祝將軍說清楚的。」

秦守七此時的口氣就像是她已經決定要嫁給他了，承諾不會再和其他男人有染了一樣！

這突如其來的轉變讓韓初見有點措手不及……今天的事他是要記恨祝羲呢？還是要感謝祝羲呢？

韓初見有點難以置信的問道：「妳要嫁給我？」

秦守七眨了下眼睛，讓平時嚴肅的面容有些俏皮，「我不是說了等你戰敗天下豪傑來娶我嗎？」

——可是蘇妙說妳這是委婉的拒絕我了啊！難道這話是認真的？不是要我？

似乎是看出來他的懷疑，秦守七很篤定的拍拍他的肩，「只要你願意，你會贏的。」

七郎這話說得真蹊蹺！什麼叫他願意一定會贏的！難道只要他願意就能變出蓋世神功什麼的嗎！

秦守七笑了笑，抬手推了下他的胸口，「你先起來。」

韓初見應聲要起身，結果因為雙臂支撐的時間太長，一動就是一陣痠麻，哎呀了一聲，對著秦守七的臉就砸了下去！

韓初見磕下去的時候是張著嘴的，於是牙直接磕在了秦守七的脣上，那脣當時就破口流血了。韓初見趕緊捂著嘴撤開身子，看著對方那脣上的血珠，就想拍自己一巴掌！

——韓初見！你還能再笨點嗎！

本來挺激情的開始，發展到現在已經不堪入目了！被她戲弄就罷了，如今還做出這麼煞風景的事！

韓初見十分內疚的看著她，「七……七……」

秦守七抬手用大拇指摸了一下破口的地方，便染上一指頭的鮮血，脣上方才乾淨一點，血珠又滲了出來。

秦守七看了眼指頭上的鮮血，繼而看向韓初見，笑得有些戲謔：「韓初見，你這是改成狗啃了嗎？」

韓初見立刻搖搖頭，然後討好的眨眨眼，「要不我幫妳舔舔？」

這話絕對不假，韓初見看到她難得紅潤的脣上冒出來的血珠，特別有種想撲上去舔舔的衝動……

秦守七聞言，本來戲謔的笑容有點僵了，微偏過頭，一手握拳掩在脣上不自然的咳了一聲，然後整好衣衫從床上走了下去，那飄蕩的衣襬下就是赤裸的兩條長腿，從韓初見面前晃過去，差點害他噴鼻血。

還別說！他媳婦的腿比他想像中的光滑多了！以後要摸個夠！

韓初見腦中正描繪著火辣辣的場景，秦守七突然轉過身，把心虛的韓初見嚇了一跳，她目光犀利，手臂一伸把他按在床上，一條腿撐在床上，身體向他傾了過來。

他與她對視，無辜的眨眨眼睛。

——七郎……人家就是想一想……真的！很單純的！

四目相對之時，秦守七一隻手突然探向他的腰部，俐落的解下他的腰帶，摸在了他的褲邊上……

腰間有著溫熱的手掌，讓韓初見心頭一慌，緊張萬分，心跳快如擂鼓。難道……傳說中的○○××時刻就要來臨了嗎？！

在他期盼又慌張的目光下，秦守七忽然邪魅一笑，架起他的腿，繼而一把褪下了他的褲子！然後……

然後把褲子穿在了她自己的身上，俐落的起身，走人！

緩過神來的韓初見，轉身把臉埋在被褥裡，悲鳴了一聲，一手狂捶被褥！多少次期盼換來多少次失望！他應該長記性的！又一不小心被戲弄了！

秦守七聽到韓初見的那聲悲鳴，她回過了身，對還在捶被子的韓初見喊了一聲：「韓初見。」

韓初見聞聲，翻過身來向她望去，有氣無力道：「幹嘛……」

秦守七非常溫柔的一笑，道：「一會兒繼續。」然後她意味深長的看向了他的胯間……

韓初見一低頭……

——幹！又可恥的搭帳篷了！

韓初見臉上一熱，扯過一旁的被子遮住自己的關鍵部位，順帶把光著的腿也縮了進去。

韓初見這個動作加表情成功的挑逗了秦守七的笑點，她很不給面子的笑出聲來，而後出了門。

韓初見盯著緊閉的門，在心中咆哮：這太不公平了！憑什麼男人動情一目了然，女人動情卻看不出來呢！

※◎※　※◎※　※◎※

門外斷斷續續傳來秦守七和蘇妙的對話聲，韓初見側耳聽著。

蘇妙：「哎呀七爺！您這脣怎麼了？怎麼這麼慘烈啊！」

——蘇妙！你明知故問！

秦守七：「你家主子咬的。」

——嘖！七郎妳委婉一點會死嗎？居然這麼直接的就說出來了！

蘇妙：「嘿嘿嘿～～～七爺可別見怪，我家主子忍了很久了，又是個雛，一時把持不住情有可原哈～下次就好了～嘿嘿嘿～」

——蘇妙！你怎麼就跟個妓院老鴇一樣呢！

秦守七：「嗯，備點熱水來，還有……」

後面的聲音似乎是刻意壓低了，韓初見聽不見。

※◎※　※◎※　※◎※

韓初見正琢磨著秦守七讓蘇妙準備熱水和其他不知道是什麼的東西是要做什麼，秦守七就推門回來了。

她徑直走到床前，一把扯過他身上的被子，而後翻身上床蓋上被子，沒忘了順手把韓初見扯進被窩裡。

同床同被，韓初見對接下來的事情好奇又激動：「怎……怎麼了？」難不成真像他想的，今兒個就是洞房花燭夜？

秦守七微微一笑，看了他一眼，閉目養神道：「冷。」

這一字過後，秦守七許久沒說話，也沒動，就跟睡著了一樣。

她很鎮定，韓初見心裡卻跟貓爪子撓一樣，又癢又亂，尤其下面還脹得難受，這會兒還沒軟下來呢……

這是唱哪齣啊？今兒個在床上折騰了那麼久，正事一點都沒幹，如今人就躺在身邊，卻什麼都不做！

這是等他主動呢？還是單純睡覺呢？大白天睡覺不科學吧？

韓初見向她湊了湊，她沒反應。繼續伸手摸上她的腰，她依舊沒反應，任他胡來。

——默許？

韓初見臉上浮現一個大大的笑容，別看他家七郎喝醉了挺霸氣，其實清醒的時候也羞澀著呢～這不等他主動進攻了嗎～～～

這新發現讓韓初見心情極為愉悅，手掌在她緊實的腰身上游移。她現在側躺著，腰身的曲線特別迷人。

將本來就鬆散的衣服推開，下面即是溫熱的肌膚，她的腰不像手一樣有些粗糙，很柔軟、很細滑，其實這身偽裝下還是女人的身體。

再看這臉就有點不搭了……

不能看臉！一看臉他就緊張！韓初見一緊張，手一打滑就滑進了褲腰，滑過平坦的小腹，下面就是……其實他真的挺懷疑的，他家七郎真是女的嗎？真沒那東西嗎？這一直是他內心深處特別糾結的一個問題……

就在這種緊張的時刻，秦守七突然出聲了：「韓初見。」

本來全神貫注要去摸那個地方的韓初見，被她突然的出聲嚇得反射性的縮了手。不是這麼玩他的吧！

「幹……幹嘛？」

秦守七睜開雙眼，不似往常那麼凌厲的目光，夾雜著些許情愫，似乎還有些茫然。

「當初你為什麼突然離開？」

當初？

韓初見一心想著○○××的事，突然被轉移話題，一時間沒緩過神來。哪個當初啊？

看他茫然的表情，秦守七就知道他已經忘了。避開他的目光，秦守七才繼續說道：「就是常州客棧那個時候。」

興許是祝羲和她有相像的地方，所以她才對祝羲沒有男女之情。而若說他們兩人相像的地方嘛……比如今天祝羲對她做的事，她曾經也對韓初見做過，就在常州客棧。

第五章
我愛妳是無關性別的！

常州客棧？！

這個詞似乎很遙遠，又似乎就在昨天。

與其說常州客棧，不如說那一年，那整整一年讓韓初見發生了翻天覆地的變化，現在想起來感覺仍然很難熬。

對上秦守七的目光，韓初見有些糾結，如果把這事說出來，秦守七會怎麼看他？

見他許久不說話，秦守七等得沒了興致，翻了個身，「不想說就算了。」

見她明顯轉冷淡的態度，韓初見有點慌，抬起屁股就撲了過去，扣住她的手指，緊緊壓著她的身體，無視自己的小弟正昂揚的抵著她，韓初見急切的說道：「七郎，要是我說了，妳要相信我，我愛妳……是無關性別的！」

秦守七聞言就樂了。

無關性別？那和什麼有關啊？

笑著笑著，看著韓初見認真的眼神，秦守七的笑容僵了，她大概知道是怎麼回事了……

※◎※　※◎※　※◎※

常州是個才子輩出的地方，不興武，而是興文。秦守七和韓初見路過常州的時候，正趕上才子鬥秀節，這個節是常州特有的，共有三天，各方來的才子在鬥秀節上盡顯才藝，從此揚名四海。

兩人湊個熱鬧也參加了其中的一項，就是「千字文」。「千字文」算是最簡單的項目了，也是個娛樂的項目，兩個才子為一組，一人扶梯，一人寫字，在離地五公尺高的板子上寫千字文。

韓初見抬頭看看五公尺高的檯子，吞了吞口水，先別說他那狗爬的字了，在這麼高的地方寫字，他絕對抖得寫不出一個字！

他回身看向秦守七。那時他還在發育中，身高還沒超過秦守七，看她還要仰著頭。

「你寫，我幫你扶梯。」

秦守七聞言只是淡淡的笑了笑，搖搖頭說：「不必，你不是想學我的字嗎？今日我就教你如何？」

語畢，也不知道她從哪裡拿來兩條繩子，分別在梯子兩端牢牢繫好，抱住梯子一個飛身上了檯子，將梯子掛在高臺兩端的橫桿上成了一條走道，而後飛身下來，將目瞪口呆的韓初見攔腰抱了上去，兩人一起踩在梯子上，搖搖晃晃，好一會兒才穩住。

感覺懷裡的人微微抖著身子，秦守七摟著他腰的手緊了緊，「別抖。」

韓初見欲哭無淚，緊緊抱著她的手臂，微微回過頭，才看到她一個鼻尖，「能不抖嗎？非這樣嗎？那繩子多細啊！咱們兩個人在上面，若一會兒斷了怎麼辦？」

秦守七當時的一大愛好，就是喜歡看韓初見欲哭無淚的樣子。她悶聲笑了幾聲，把毛筆塞進他的手裡，「沒事，有我呢。」語畢，就握著他的手開始寫字。

不知道為什麼，韓初見聽了秦守七的這句話就不抖了，注意力全都轉到手上去了，他腦子根本什麼都不用想，只感受那隻手帶著他的手，一張一弛的力道，在板子上行雲流水般的寫著字。

具體寫了什麼，韓初見根本沒注意，只覺得耳側時不時傳來的熱氣讓人焦躁，現在他整個人就在她懷裡，兩個人的體溫混在一起感覺特別熱，韓初見手心裡都開始冒汗。

忽然秦守七帶著他動了幾步，韓初見本來就心不在焉，這一動嚇得他心臟都要跳出來，身子抖了幾下，要不是秦守七摟著他腰的手趕忙扣住他的五指，將他緊緊拴在懷中，他就掉下去了。

「專心點。」

——我也想專心啊！兩人離得這麼近，我熱得要命，你怎麼一點事也沒有呢！

哦……忘了說了，當初在韓初見心裡，她是個「他」。

不知道過了多久，這種煎熬終於過去了。

秦守七抱著韓初見旋身落在地上，突然一鬆手，韓初見還有點暈乎，沒站穩便直接向一旁的秦守七撲過去了，秦守七眼疾手快將他抱住了。所以，韓初見一沾地，就給她來了一個投懷送抱。

他們這一組搭配實在是引人注目，下面圍觀的人多少都在看他們這一組，因為這一組實在是太特殊了……明顯的兩個斷背……

不時有吹哨聲起鬨，還暈乎的韓初見根本就不知道這口哨聲是給他們兩人的，仍緊扒著秦守七的衣服，堅持要穩住身子。

秦守七是清醒的，自然知道旁人的口哨聲是為了什麼，她並不生氣，相反還覺得挺開心的。抱著韓初見的腰，她低頭問了句：「你還好嗎？」

「你看我像好嗎？你是不是故意的？」真不是他小人之心，他發現秦守七特別喜歡看他吃癟的樣子，怎麼遜就怎麼好看！有時候他覺得她是故意欺負他的，欺負他年紀小，欺負他沒閱歷，欺負他初來乍到！

秦守七聞言笑了笑，笑得挺暢快的，「你怎麼害怕高呢？」

「誰像你秦大俠啊！天不怕地不怕！我不學了成嗎？你就別拿我找樂子了！」這話說完，韓初見終於能站起身了。

秦守七也放開了他，在他頭上摸了摸，「回去教你。在這等著我，我去拿賞金。」

原來他們這靠不住的一對還得了個二等獎，主辦方早就喊著他們來拿賞錢了。

秦守七走了，韓初見站在原地彎著身子喘氣擦汗，也不知道是嚇的還是怎麼的，他開始全身發熱。抬起頭，看向他們倆寫的那字，洋洋灑灑和當初摺子上的一樣，可惜他一點也想不起來是怎麼寫的……

「你們可真夠明目張膽的。」

突然有人說話的聲音傳來，韓初見抬起頭，就見到一個書生打扮的人搖著折扇向他走了過來。

韓初見聽這話有點納悶的問：「什麼？」

書生聞言，一副稀奇的樣子，「你們不是斷背嗎？到這裡明目張膽的秀恩愛。」

斷背？秀恩愛？

斷背他沒懂，秀恩愛他倒是懂了……可是兩個男人秀什麼恩愛？

「什麼是斷背？」

書生聽了他的問話，驚訝道：「你是裝不懂還是真不懂？你要是真不懂，去綠蔭小築看看就知道了。」說完，書生搖搖頭走人了。

——綠蔭小築？！

這會兒，秦守七已經回來了，掂著手裡的荷包，笑著對他說：「夠喝一頓了，今天晚上好好喝一頓吧。」說著就要攬著他的肩回客棧。

韓初見站在原地沒動，秦守七疑惑的看向他，「怎麼了？」

韓初見沉吟了一聲：「我想去個地方。」

「去哪？」

「我自己去，你先回客棧吧。」

秦守七看了他一會兒，答道：「嗯，你去吧。晚上早點回來，我要桌好菜。」

韓初見點點頭就走了。

韓初見不知道綠蔭小築在哪，沿路上就問路人，路人聽他問綠蔭小築都用怪異的眼光看他，等他終於找到綠蔭小築後，感覺氣氛有點不對勁……這裡怎麼都是男人？

這裡似乎是個喝茶聊天的地方，還有些人吟詩作畫下棋，像個風雅的書社。但是這裡的男人舉止都很奇怪，顯得異常親暱。韓初見路過一處屏風時，居然看到兩個男人相擁親吻，手都探到了對方的衣服裡……

韓初見突然想起了自己和秦守七的初次見面，雖然他一直記不清全部，但是某些情節還是記得的……

和她這些日子的相處如過戲一般過了一遍，想起剛才的十指相扣，被她抱在懷裡……韓初見好像突然明白這是怎麼一回事了！

——斷背！

韓初見回到客棧，秦守七果然要了一桌子好菜，正自己喝著酒，好像已經喝了幾杯了。

看到她，韓初見心中前所未有的彆扭，剛才在綠蔭小築看到的一幕幕又鑽進了他的腦子裡，原來男人是可以和男人那樣的……

秦守七見他回來了，沒說什麼，暗自的盯著他看，感覺他有些神情恍惚，她微微蹙起眉頭來。

韓初見也沒說話，坐在她對面的位置上，自顧自的斟起酒來，然後一仰脖直接喝下去一杯，接著就一杯接一杯的喝。

秦守七按住他喝酒的手，問道：「你怎麼了？」

韓初見抿了一下脣，嘟囔道：「想喝酒。」然後推開她的手繼續喝。

韓初見這樣子實在反常，但是秦守七並沒有阻攔他，若真有什麼，喝醉了可能比較好問出來。

韓初見喝到酒壺都見底了，才停了杯。看著空杯子好久，他抬頭看對面的秦守七，正雙手環胸看著他，似乎在等他喝完。

韓初見看著她平淡得沒有任何波瀾的眼神，心裡有股衝動，一張口就問出來：「你喜歡男人嗎？」

秦守七等了半天等到這麼一句，有些發愣，挑了挑眉沒說出話來。

韓初見沒得到回答，心裡有股煩悶，又一脫口問出：「你喜歡我嗎？」

再聽這一句，秦守七才覺得韓初見今天特別不對勁，不是嚇出病來了吧？她起身走到他身邊，摸了摸他的額頭，「你怎麼了？」

韓初見沒說話，盯著她看了很久，看得秦守七心裡都有些發毛了，他突然站起身直接摟過她脖子胡亂親了起來……

看看現在韓初見的水準，就能知道當時不過十四、五歲的韓初見更加沒有水準了，連脣都不會用，直接用牙啃，還硬要扳著秦守七的後腦，讓兩脣緊緊密合在一起。刺鼻的酒氣充斥在兩個人之間，讓一向淡定的秦守七都開始發暈。

秦守七摸向他的腰試圖推開他，卻聽到韓初見喉嚨裡發出「嗯嗯」的呻吟聲，脣齒孜孜不倦的啃著她，她不知怎麼的就從推變成了輕撫。

當初的秦守七是沒抱過男人的，只有韓初見一個人，她平時都是去摟女子纖柔的腰身，如今手掌裡的少年腰身讓她心中呼之欲出一種奇異的感覺。

韓初見在她的輕撫下漸漸溫順下來，嘴上的動作也沒那麼野蠻了，一雙眸子微睜著，水潤水潤的，彷彿陷在虛幻的夢境裡蕩漾著。

一個念頭從秦守七腦海中冒了出來，或許她可以就此得到這個少年。幾日的相處，她發現少年是極其聰慧好學的，假以時日必定能成就大業，助她一臂之力，若是讓他入贅進門倒是不錯的選擇，而且他也不同其他的男子一般，他對她是有依賴的，這種感覺讓秦守七覺得很舒服。

摸上他的後腦，將五指插入他凌亂的髮絲之間，微微一托，使他的唇離開了她。

「韓初見。」

後腦被扼制的感覺讓韓初見有些不痛快，他皺起眉頭，迷濛的看著她。

他已經醉得不成樣子了，估計問也問不出什麼，既然他能如此對她，想必是喜歡她的，不過他喜歡她現在這個男人身分，倒讓她覺得十分荒唐可笑。

——算了，先做了再說。

輕柔的吻上他天生殷紅的唇，這唇是她看過最美的唇，或許正是如此，才會在初次見面時控制不住自己的慾望，做了那樣出格的事。

她探出香舌在他唇上輾轉，味道一如看起來的那般美好，攬著他上了內室的床榻。事實上，這時秦守七心裡還是猶豫的，這個少年比她小了三歲，如今還未經人事，她這樣做枉為君子吧？

秦守七正思考著，韓初見弓起身子，雙手雙腳纏了上來，繼而獻上自己的紅唇。秦守七輕笑出聲，這人醉了倒是頗纏人的。她解開他的衣衫，摸上少年的身軀，比想像中的細滑，緊實的紋理讓人愛不釋手。

韓初見摟著她的脖子拱了拱腰，嘴裡念叨著難受。

秦守七親了親他的脣，將他的衣衫褪下，握上了他的那物。原來他早已動情，感受到她的撫摸，自發的向她手中抽送。

曾經行軍當中，環境艱難，她都是和眾多將士們混住在一起的，這些將士年輕氣盛，白日發洩不完的戾氣便在晚上發洩。營中都是男人不必忌諱，雖說會遮遮掩掩，但也難免被她撞到，所以她對男人如何發洩自己的慾望並不陌生。

但是韓初見是她唯一一個這樣對待過的人。

上一次是在醉酒以後，這一次卻無比清醒，那物是如何壯大的過程，上面脈絡跳動的節奏都能清楚的感受到。

身下少年的身軀不斷挺動著，泛著瑩光的細嫩肌膚已經蒙上了薄汗，微微發紅，令第一次見到這般景象的秦守七心猿意馬，感覺無比燥熱。

鬆了鬆領口，她傾下身，吻住他不斷溢出沉吟的紅唇，兩唇相貼，便是他生澀又熱烈的回應，如脫韁的野獸，在她唇上為非作歹。

他的回應真的讓她覺得很好笑，但卻又忍不住沉淪，或許這就是最適合她的人。

他急切的動了幾下，鬆開了口，雙手攀住她的脖頸，口中溢出長長一段呻吟，隨後便癱軟了一般躺在被褥當中粗喘著氣。

秦守七抽回手，看到手上的黏稠物有些發愣，上次天色太黑，沒有看就擦掉了，如今一看……原來是這樣的啊……

她扯過一邊他脫掉的衣服，擦了擦手扔在地上，瞇眼看向喘著粗氣的韓初見，這前戲似乎差不多了……

秦守七抬手解著自己胸前的衣服。

紓解後的韓初見清醒了一些，咬了咬唇，微微睜開閉著的雙目，眼上的汗漬讓他無法全部睜開雙眼，迷濛間看到了模糊的人影正脫著自己的衣服……

剛才發生的一切便在他腦海裡清晰了起來，他……他……他們……

他走出綠蔭小築的時候還遇到了那個書生，那個書生很好心的告訴他男人之間要怎麼做，而且特別負責任的告訴他，他肯定是下面那個。

想起那書生的描述，韓初見渾身一震。

感受到他的動作，秦守七停了手下的動作，問道：「怎麼了？」

她的聲音此時很奇怪，帶著些暗啞，又好像和平時的音色也不一樣……總之，這讓韓初見陌生又恐懼。

抹了一把臉上的汗漬，韓初見突然起身，看都不敢看，猛地推開她下了床，這會兒腿還發軟，差點來了個五體投地，他趕緊穩了穩身形，撿起衣服胡亂套上，甩開秦守七抓住他的手，無視她的問話，衝出房間。

秦守七愣坐在床上，微瞇起雙眼，繼而低頭看了看自己已經解開的胸前……他無法接受她是女人？！

※◎※　※◎※　※◎※

秦守七微瞇起眼睛，一如當時的模樣說：「我還以為你是無法接受我是女人呢。」

兩人此時正面對面坐在床上，韓初見一副想撞牆的樣子抱著床欄吼道：「我明顯是不能接受妳是男人好嗎！」

秦守七環胸倚在床欄上，「你就為了這個回京了？」

韓初見聞言猛地抬頭，「什麼叫就為了這個！妳是無法理解我當時矛盾又糾結的心情的！妳是不知道我是經過多麼艱難的心路歷程來接受妳是個男人的！妳不知道後來我跑回去找妳是需要多大的勇氣！」

秦守七挑挑眉，「所以當時即使我是男人，你也接受了？」

韓初見聞言，被自己的口水嗆到了，猛地咳嗽了好長時間，才找回了聲音：「七郎～妳要相信我，因為是妳，我才接受的……」

秦守七點點頭，有種說不出的敷衍感，輕飄飄的說道：「繼續。」

對於她的不能理解，韓初見哀怨的嘆了口氣：「我回去找妳以後，發現妳其實是女人，然後我又糾結了……反正就是很長時間不知道該怎麼和妳相處，妳沒發現嗎？」

秦守七摸摸下巴想了想，「好像是發現了，只是覺得你不像從前，不過因為當時太忙了，也沒怎麼注意哪裡不一樣。」

韓初見真想拿起枕頭就扔掄過去，「沒良心！」虧他當時說句話、做個動作都要考慮一下呢！這混女人根本就沒注意！

秦守七對他輕輕一笑，韓初見心裡那點不平就沒骨氣的消下去了。

「哎，既然妳是女人，我認為我不能再那樣無所事事下去了，要能與妳相配才行，便回了京城開商鋪，偶爾去看妳。」

秦守七聞言，了然的點點頭，「原來如此，你認為我既然是女人，你便不甘在我之下了？」

韓初見此時深刻的認為他和七郎有代溝！

「絕不是！我是怕妳瞧不上我，不願嫁我……」

她秦守七，多叱吒風雲的一個人，而他，拋卻了皇子的身分之後，不就是個無所事事的小白臉嗎？

「怎麼會？你皇子的身分何其尊貴，你若想娶我，我一介布衣還能有怨言不成？」

韓初見搖搖頭，鄭重道：「不是的！父皇從小就告訴我，別人敬你不過是因為你皇子的身分，如果別人敬你是因為你本身，那才算是真的敬佩。對於感情我亦是如此，我要妳喜歡我，不是因為我皇子的身分，而是我這個人！」

秦守七看他許久，繼而粲然一笑，「你成功了。」

韓初見猛地直起身子，難以置信的驚呼：「啥？！」

秦守七的眼睛瞄向他下面，「露出來了。」

韓初見聞言一低頭，臉嗖的就熱了，趕緊拿過被子遮上，被子被那不聽話的東西支起了尷尬的輪廓，然後他又繼續將被子多攏一些過來遮住，腿就露了出來……

他一通忙乎，就聽到秦守七在一旁笑個不停，最後乾脆一撒手道：「算了！反正摸都被妳摸過了，看就看了！說起來……妳為什麼會……那個……那個……」

說到這，韓初見就說不出話來了，問她為什麼擼他？問她擼過幾個？問她擼誰的手感最好？問她這些問題怎麼感覺都像個可悲的怨婦。

「就你一個。只是看的比較多。」

秦守七說這話的時候面色也不怎麼自然，韓初見當即就明白了，心裡的美勁一下子湧上來了！

嘿嘿！就他一個！那如果他現在和他家七郎這個那個了，是不是也是第一個？吞吞口水，他家七郎真純潔……

韓初見掀開被子蹭過去，兩手撐住她身後的床欄，雙腿叉開在她兩側，這回毫不避諱的讓她看，只是臉上還是忍不住發熱，「七郎……」

秦守七仰起頭看他，本來環胸的手放開了，滑過他的肚臍摸上他的腰，「嗯？」

韓初見身子顫了顫，吞了吞口水，不太自信的叫了一聲：「媳婦……」

秦守七聞言就樂了，一把拉下他的腰，韓初見就坐在了她的腿上，然後清楚明白的答了一聲：「嗯。」

天爺爺！他媳婦答應了！

韓初見現在沒什麼想法了，就想撲過去親一口：「媳婦！」

他這撲過去的動作還沒執行，門口就傳來磅磅的敲門聲，嚇得他心臟差點跳出來。

「等會兒。」

秦守七推開他，起身去開門，從外面小廝手裡接過了一盆熱水和一個瓷瓶。

等門關緊了，韓初見才緊了緊衣服，光著兩條腿走下床，問：「這是什麼？」

秦守七把水盆放好，把瓷瓶在他面前晃了晃，「既然做你媳婦，便是時候讓你看我的真實面容。」

如果眼珠子能掉出來，估計韓初見的眼珠能滾很遠了——是七郎的真實面容啊！

秦守七沒再說話，將瓷瓶裡的東西抹在臉上和頸上，停了幾秒鐘，深吸口氣將臉浸泡在溫熱的水當中。

韓初見一直盯著看，覺得秦守七保持這樣的動作有好久好久，久到他一顆心都要跳出來了，她才緩慢的從水中抬起臉來，韓初見趕忙遞毛巾給她。秦守七擦了擦臉，將濕髮攏到耳後，才轉過頭正對著他。

韓初見此時瞪大了眼睛，深吸一口氣才仔細瞧了過去，他家七郎本來的面容……

第六章
七爺的本能

事實上，她的真實面容並沒有讓他感到很震驚。

絕對不震驚！

卸了假面以後，她的五官從實質上來看並沒有太大的改變，只是柔和了一些，更像個女人了。興許是常年不見光，她臉上的皮膚要比身上白一些，讓原本嚴肅的面容更顯溫柔。

韓初見好奇的湊過去，仔細的在她臉上瞧了瞧，除了更像個人，真的沒有太大的區別。

「沒有太大的變化啊？妳為什麼要易容？」

「如果這樣呢？」

秦守七攬住他的腰，浮現出一個淺淺的笑容，然後韓初見就看見了她的兩個酒窩。

韓初見欣喜的看著她說：「妳居然有酒窩！」

秦守七收起笑容，蹙眉摸上自己的臉，「很傻吧，每當想到笑起來臉上就有兩個可笑的窩，我就很煩躁，乾脆易容了。」

韓初見聞言，對他家媳婦的思考方式表示特別不能理解！酒窩明明是很好看的存在，為什麼他媳婦覺得是兩個可笑的窩！更不能理解的是，只為了酒窩她就易容了這麼多年！

「哪裡有可笑？明明很好看，多少人想要酒窩都沒有！」

「還有人想要這種可笑的東西？難以置信。」秦守七說得一臉嫌棄。

——覺得酒窩很可笑，所以易容了那麼多年的妳才是難以置信吧！

韓初見心想，他是不是該慶幸自己沒有長酒窩這種東西，不然一開始就會被她嫌棄了！

「媳婦，真的很好看，妳這樣笑起來會更親和的，我喜歡妳的兩個酒窩。」

韓初見說完，就在她右臉酒窩的位置親了一下，這還是第一次親她臉上除了脣以外的部位，其觸感出乎意料的好！

坦然接受他的親暱，秦守七又勾起一抹淡笑，韓初見便真的吻到了那個窩，心裡正美著，就聽秦守七戲謔道：「我有你不喜歡的地方嗎？」

韓初見聞言一怔，這話怎麼問的？想了想，他眨眼道：「以前有，現在沒了！」

秦守七挑起眉頭，「此話怎講？」

韓初見笑容中透著一絲狡黠，「我以前不喜歡妳不喜歡我，現在妳喜歡我了，我就沒有不喜歡的地方了！嘿嘿！」

秦守七依舊淡笑著，挑了挑眉，「二皇子愈加能說了。」

韓初見嬉笑著向她靠了靠，「媳婦不親一口嗎？」

本來以為會被她無視，結果秦守七居然真的在他脣上親了一下，不同於之前的任何一個吻，這個吻極為溫柔，溫柔到韓初見差點以為面前的這個人不是秦守七了！

「幹嘛這副表情？二皇子不滿意嗎？」

韓初見摸上自己的脣，臉紅著說：「我明明是受寵若驚好不好！」

秦守七見他這樣子就想摸摸他的頭，不過相對目前比她還高些的身高，摸頭便變成了拍肩，「有點出息行不行。」

韓初見不正經的嘿嘿一笑：「行！」見秦守七眼帶寵溺的看著他，韓初見咳了一聲，神色嚴肅了些，難得認真道：「媳婦，打個商量唄？」

見他忽然如此神色，秦守七有些訝然，「什麼事？」

韓初見輕蹙眉頭，鄭重其事道：「妳和祝羲之事，由我出面解決。」

提到祝羲，秦守七不禁煩悶起來。祝羲這件事她是第一次遇到，若說要如何處置，她現在也沒個主意。但是她自己的事，向來習慣自己解決，於是果斷道：「不必了，我自會處理的。」

韓初見也不是第一天認識她了，自然明白她心中所想，她的拒絕在他意料之中。

他抓住秦守七的雙臂，鄭重道：「不行！此事必須由我替妳解決！我現在是妳男人！祝羲對妳做了那樣的事，如果我不出頭，豈不是縮頭烏龜？這是男人和男人之間的事！必須由我這個男人替妳解決！妳絕不能單獨去找他！」

第一次看到他如此鄭重執拗的神色，還是因為她，秦守七有些訝異又有些愉悅，雖然不太相信他能圓滿解決，但心中生出了點就算是哄哄他也好的念頭。

於是她點了點頭，道：「行，你去吧。」

本來以為她會拒絕幾次，韓初見還在心裡琢磨著接下來要勸她的話，沒想到她居然這麼容易就同意了！他深知她從小到大便不喜歡仰仗旁人，自己的事情自己解決一向是她的原則，如今居然在他這裡破例了！事實證明他確實攻心成功了！得到了七郎的充分信任！

韓初見興奮的將她一把抱住，在她酒窩上親了一口：「媳婦！真乖！」

※◎※　※◎※　※◎※

將軍府——

豔陽高照天，將軍府的院子卻透著幾分森寒。

「不知殿下駕到，下官有失遠迎。」

祝義一身黑衣立於院中，神色不卑不亢。

韓初見見他這副模樣只是笑著，踱著悠閒的步子走到他面前，「還是祝將軍客氣，早先我想來你這將軍府參觀參觀，貴府管家多次阻攔，我還以為你這將軍府裡藏了什麼寶貝不敢給本殿下觀賞一下呢~如此看來也沒有什麼~」

祝義聞言，黑眸中閃過一絲陰鷙，「殿下此次來可是來興師問罪的？管家衝撞了殿下，下官定會嚴處他，望殿下舒心。」

韓初見聞言低笑一聲，抬手拍上他的肩，「將軍會錯意了吧？本殿下可不是那麼小氣之人，我不過是對你這院子較有興趣，如今看來也沒什麼，此事就這麼過去吧！我此次來，是閒來無事想和祝將軍你切磋一下，將軍可有時間？」

祝羲眉心微皺一下，不知韓初見葫蘆裡賣的是什麼藥，只能順勢答道：「殿下想要切磋，下官定當奉陪。」

韓初見脣角一勾，又在他的肩上拍了拍，「將軍果然爽快！蘇妙！拿本殿下的劍來！」

蘇妙遞上劍，便帶著小廝們退下了。

祝羲也命人拿來了劍，屏退了旁人。

「既然是切磋，也要分個輸贏才是，有輸贏就要有賞罰，這賞罰嘛……」韓初見邊說邊用指腹來回撫摸著手中長劍的劍刃，笑得一派輕鬆，忽而抬頭看向祝羲，目閃凌光道：「祝將軍有什麼意見？」

周旋這麼久，想必就是為了這個吧？雖不知他到底想做什麼，祝羲心裡大概也有了數，握著劍柄的手緊了緊，說道：「全憑殿下做主。」

韓初見忽然神色一凜，劍指祝義，「既然如此，我就直言。本殿下若是輸了，秦守七拱手相讓；若是你輸了，你就要離她遠遠的！」

祝義聞言眸色一黯，拿秦守七做賭約，不是有十足的把握，就是十足的莽撞。

雖然這個二皇子看起來不諳世事，但是虎父無犬子，誰知道他葫蘆裡到底賣的是什麼藥。而且他乃是皇家的血脈，如果傷了他分毫，最後還是他祝義吃不了兜著走。

「殿下萬金之軀，下官豈敢與殿下立下如此賭約。」

萬金之軀？就是說他以身分壓人唄？韓初見輕笑一聲：「將軍不必擔心，此事是我們個人過節，我不會拿皇子的身分壓你，你全力來就是了，若是因為有所顧忌就敗給了本殿下，到時候別說本殿下欺負你。」

「可……」

「怎麼？祝將軍怕了？大宗誰人不知祝將軍乃第一武將，還能怕本殿下的三腳貓？你若是想不戰而敗，本殿下也成全你！」

祝羲聞言輕笑起來，他是小看韓初見了，先是佯裝興師問罪，而後假意切磋，待他應下來再扯出賭約，如今他退讓就是不戰而敗。韓初見步步緊逼，根本就沒給他退路，說著不拿皇子身分壓他，哪一步沒用皇子身分？

雖然早就知道他為了秦守七而來，只是沒想到他會用這種方式。既然如此……

「希望殿下，君子一言，駟馬難追，得罪了！」語畢，祝羲提劍相向。

韓初見勾脣一下，迎上前道：「這是自然，望將軍也是。」

雖然都說二皇子不會武，但祝羲畢竟與他並不相熟，以守為攻探他底細。

韓初見招式不疾不徐，似乎故意與他周旋，氣力薄弱，花招頗多，顯然沒有功夫底子，都是花拳繡腿。

與自己比試，是他自不量力，還是他在對自己下套？祝羲拿不定主意，不敢輕易攻之，用招的時候完全沒有用內力。

韓初見忽然緩中突使狠戾一招，咄咄逼人道：「祝將軍瞧不起本殿下嗎？用些虛晃的招式應付本殿下！還是祝將軍想不戰而敗？」

祝羲從一開始便步步退讓，不知道韓初見打的什麼主意，便不敢妄動，一直被韓初見牽制著。他一向最討厭被人牽制，心道：既然如此，即使你是皇子，也別怪我不客氣了！

祝羲暗自催動內力，才殺出幾招，突覺胸口一悶，四肢便開始無力，險些站不穩。

韓初見嘿嘿一笑，劍架在他的脖子上，吐出三個字：「你輸了。」

早在他拍上祝羲肩膀的時候就下了藥，此藥無色無味，唯有運功時才會吸入體內。

祝羲猛喘一口氣，輕蔑道：「二殿下原來喜歡耍這種陰招，不覺得勝之不武嗎？」

韓初見聞言哈哈大笑起來，猛地在他膝上踢了一下，祝羲便單膝跪在他面前。

「你也配和我說勝之不武？那祝將軍之前做的事有多光明磊落？陰招？祝將軍耍陰招的

手段可比本殿下高多了！」

語畢，劍光一閃，韓初見手中的劍緊緊抵在祝羲頸間，血珠從密合處溢了出來。

「你以為我當真會拿秦守七和你賭？我不會拿我心愛的女人做賭約，更不會讓人有機會傷害她！我這麼做只是想告訴你，你祝羲會耍手段我也會，但是我不像你這麼無恥！直接去傷害自己愛的人！」

「不！你不是愛秦守七！你是愛你自己！你想占有她，但你從來沒考慮過她的感受！你從未用心去愛過她！你知道她想要什麼嗎？你知道她喜歡什麼嗎？你什麼都不知道！你只知道你想占有她，就不顧一切的傷害她！」

祝羲喘息著，淩厲的黑眸看著居高臨下的韓初見，無言以對。

韓初見收回劍，扔在地上，「祝羲，你輸了，不只是現在，從一開始你就輸了！」

四目相對，沉寂了一會兒，韓初見上前扶起他，本來氣勢洶湧的面容收斂了起來，他正經道：「拋卻私人恩怨，我對你是敬佩的。祝將軍金戈鐵馬，征戰沙場，為大宗國立下無數汗馬功勞，鐵血男兒的豪情我一生望塵莫及。」

祝義聞言身體震了震，眸光微斂，並未言語。

韓初見話鋒又一轉道：「父皇、母后常對我誇讚你，也一直念著你的終身大事，如今大閱兵在即，克魯爾的君王攜公主前來觀禮，我想祝將軍也該明白實則為和親吧？眼下整個大宗國除了祝將軍，還有誰有這個資格呢？公主下嫁可是將軍莫大的榮幸，看來，本殿下要先恭賀祝將軍了。」

語畢，韓初見鬆開他的胳膊，別有深意的看了他一眼，「天色不早了，本殿下就不打擾將軍了。」繼而轉身向外走，腳步極為緩慢。

約莫有十幾步，祝義的聲音從他背後傳來。

「殿下！」

韓初見頓下腳步，並未回頭。

「若是殿下能替祝羲解決和親此事，祝羲自願退出。」

韓初見緊握的手這才鬆開，語氣清淺道：「梁宰相家的大公子似乎也未成親，此人才華橫溢，想必也不會比將軍差了，本殿下就替將軍努力一把～」

※◎※　※◎※　※◎※

即使將要入夜，韓初見還是策馬跑到了秦府，戰敗祝羲的特大喜訊他必須要先和媳婦分享！

聽管家說秦守七在議事廳，他便趕忙疾步衝了過去，剛要推開門就聽到裡面有男子說話的聲音，其音渾厚，一聽就是頗有氣勢的男子。

韓初見心裡又開始不對味了。他和情敵拚死拚活去，他媳婦這一會兒的工夫又招惹了一個！這快深更半夜了還關起門來說話！這算什麼事！

他有些氣勢洶洶的推開門，便見到秦守七正和一個魁梧的男子相對而坐喝著茶，其樂融融，見他進來，兩人皆有驚異。

秦守七擱下手中的茶杯，見韓初見面色不善，以為他在祝羲那裡吃了癟，便起身走過去，毫不避諱的攬上他的腰，問：「怎麼了？火氣這麼大？」

被秦守七一摟，韓初見氣消了大半，看向那個魁梧的男子。

「二殿下！」

那魁梧的男子見他走過來，站起身向他行禮。

韓初見這才看清楚，原來是總鏢頭路雲！路雲他知道，兒子、閨女都滿地跑了，夫妻恩愛得很！原來是誤會！

秦守七向路雲招招手，「你且先回去吧。」

「是。」路雲一拱手便關門離去了。

路雲一走，秦守七扳過韓初見的身子，從正面抱著他的腰，又問：「你怎麼了？一來就氣勢洶洶，祝羲此事我定會解決的，你無須操心。」

韓初見一聽就知秦守七以為他在祝羲那裡吃癟了，在她心裡他果然還是弱勢的那一方！

「不是這事！祝羲已經自動退出了，以後不會再煩妳了！」

秦守七聞言十分意想不到，對韓初見報以一種刮目相看的態度。

韓初見一看她表情就知道他猜對了！她根本沒信他能贏！

見韓初見又開始面色不善，秦守七放在他腰間的手揉了揉，揉得韓初見一陣酥麻。她再問：「既然不是祝羲，你剛才怎麼了？」

他這輩子就栽在秦守七手裡了！面對她，除了他胯下小弟，他是哪裡都硬不起來！

「秦守七，妳能消停會兒嗎？」他本該氣勢洶洶說出來的話，被她揉得強硬不起來！

「行。」秦守七俐落的答了一聲，鬆開了他的腰。

她一鬆開，他就感覺腰間一陣空虛。他湊過去摟住她脖子，有些嗔怪道：「我說的不是這個！我說妳身邊的男人能消停會兒嗎！先是祝允，後是祝羲，再來是宋清歌，有時連女人都要參上一腳，我一不注意就能蹦出來一個，妳知道我有多辛苦嗎！」

秦守七聞言愣了會兒，半晌噗嗤一聲笑了出來：「韓初見，你想得可真多，我在你心裡就這麼有魅力嗎？也就你把我當寶而已。」

她就喜歡看韓初見著急的樣子，特別好玩，又伸手捏了捏他的臉。

這種摸小孩的動作讓韓初見特別不爽，抬手就拍開她的手，皺眉道：「我跟妳說正經事呢！別鬧！」

秦守七抑制不住的笑了幾聲，韓初見被她笑得有點惱羞成怒的傾向，剛想和她理論一番，秦守七忽然伸手托住他後腦，然後臉就貼了過去，在他毫無準備的情況下吻住了他。

——媳婦！妳能別這麼出其不意嗎！

不知道別人做這事是怎樣的，反正韓初見做這事得有個心理準備，怎麼吻、怎麼動都要預備一下，突然這麼一上來他就腦袋空白了，連手都不知道怎麼擺。

吻多少次韓初見都是這樣，生澀中帶著誘人，總能讓人不住的想侵犯和掠奪。比起被人勾引，她就喜歡韓初見這樣的，除了滿足慾望，還能讓人覺得新奇。

秦守七一用力把他推到桌沿邊上，韓初見覺得屁股一痛就張開了嘴，還冒出一小段輕吟，秦守七的舌頭便趁機探了進去，他舌尖上有股甜甜的味道，不知道是吃了什麼，反正是味道好極了。

韓初見被她吻得有點發軟，雙手緊扣著桌沿才勉強站穩，微微睜開眼睛，他媳婦居然沒閉眼！就這麼盯著他吻！被那雙深邃的眼睛盯著，雖然意識有點模糊，但是韓初見的心跳得更厲害了，怦怦跳的聲音都響到了耳朵邊，被她盯著他就會緊張，何況現在在做這事呢！

韓初見嘴脣一顫咬了她一口，實屬不小心，但是秦守七因此放開他了，本來扶著他後腦的手撐在他身體兩側，臉還在咫尺之間。

她脣上有吻過以後晶瑩的光澤格外誘人，韓初見吞了吞口水，身子向後撤了撤，解釋道：「我不是故意的。」

秦守七勾脣笑了笑，沒理他這話，看著他的眼睛說道：「韓初見，你不放心我是嗎？」

韓初見順嘴就回道：「妳有讓我放心的時候嗎？」

秦守七的笑容又深了一個層次，張口道：「行。」

韓初見還沒搞明白她行什麼，她就拉著他的手出了門，一出門就徑直走，韓初見問她去哪她也不回話，搞得他有點心焦。

好像今天他有點得寸進尺了，教訓她媳婦好多遍，他媳婦該不會因為他不放心她，就準備把他扔出去，讓他徹底放心吧？！

別啊！他特放心！

韓初見正胡思亂想著，突然被推進一個房間，他還沒反應過來就直接被秦守七推往床上陷在了被褥裡，他半支起身子向床邊的秦守七看去。

秦守七居高臨下的看著他，雙手正解著自己的衣服，掛的那抹笑容顯得特別危險，一種怪異的氣場籠罩他。

「妳……妳幹嘛？」話說出來，韓初見都沒想到自己的聲音已經發顫了。

秦守七特別理所當然極為冷靜的說道：「讓你放心啊。」

韓初見仍舊一副傻愣的模樣說：「什……什麼？」

「你不是不放心嗎？我就讓你放心一下。雖然我一向放浪形骸，但在這事上還是沒有逾越過的，和我上過的男人只能有一個，這個男人就讓你來做，如何？」秦守七邊說邊脫，沒多久就赤條條了。

她毫不避諱、毫不羞澀的讓他看。韓初見朝思暮想這麼久的身體就這樣迅速的展現在他眼前了，她從小習武，一站就是筆直的身線，讓身體的曲線展露無遺。他媳婦的身材真好，雖然看著一點也不纖柔，但是帶著另外一種美，最美的還是他媳婦真的和他身體的構造不一樣！

韓初見有種陷進了「她原來真是女的」這種怪異的思考當中，在喜歡她的過程裡，性別這個問題早就模糊了。估計這就是他年紀不大時被她擼了以後的後遺症。

她抬腿跨上床，那神秘的地方在韓初見眼前一閃而過，一股血氣就沖了上來，韓初見差點噴鼻血。秦守七的手壓在他肩上，將他的背與被褥緊緊相貼，另一隻手解著他的上衣，不疾不徐，相比他的波濤洶湧，她神色極為鎮定。

真要做嗎？真要做嗎？真要做嗎！

韓初見腦中一片萬馬奔騰，看著她媳婦兩個不算高聳的胸脯隨著她的動作一顫一顫的，他彷彿還在夢境當中。

忽然身上一涼，他的上衣已經被他媳婦剝光了，下意識雙手一抬擋住了自己赤裸的胸前，就跟他是那個被剝了的小媳婦一樣！

秦守七看見他的動作，噗嗤一聲笑了出來，直接抓住他的兩個手腕，舉到了他的頭頂，讓他兩個紅豆無處可藏。她俯下身在他耳郭上舔了一下，呵著氣道：「做不做？」

被她舔過的地方瞬間燒了起來，就像要融化了一樣，韓初見咬了咬唇，從齒縫中憋出一聲：「做！」

韓初見這模樣實在太好笑了，笑得秦守七吻在他脖頸上的唇都發著顫。韓初見的皮膚出奇的滑嫩，她唇瓣在他肌膚上輾轉都不願意離開，舌尖在他肌膚上碰一下都能感受到他肌膚在一點點緊繃。

身體不受控制的微微扭動著，耳邊都是她脣瓣輾轉時綺靡的聲音，濕軟的脣一下一下碰觸著他的肌膚，伴著灼熱的呼吸，寸寸如火燒一般，整個身體的肌肉都繃緊了。

秦守七的手摸上他的腰緩緩揉著，舌尖在紅豆上轉了一圈，「放鬆點。」

韓初見被刺激得挺動一下身體，咬著牙道：「我也想啊……」

「韓初見，你能別這麼緊張嗎？每次上你都這樣。」

聽見秦守七那句「上你」，韓初見差點一口鮮血噴出來，尊嚴何在！他身為一個男人！卻被他媳婦上了！韓初見這才意識到自己現下這個形勢是多麼的沒有男子氣魄！

韓初見雙手動了動想起身，卻發現自己被秦守七扼制得死死的。感受到他的掙扎，秦守七更是在他紅豆上狠狠吸了一口，韓初見全身就跟被雷劈了一遍似的，軟得抬不起來。

「秦守七，妳是不是這事幹過很多次？」

很久沒聽他直接叫她的名字，她手下的動作頓了頓，繼而在他胸口輕舔了一下，答得有點漫不經心：「沒有，就你一個。」

雖然她一直在強調就他一個，韓初見還真不信。就算不止他一個，只要秦守七實話實說，他也不是不能接受！

「屁！騙誰啊！就我一個還跟做過很多遍似的那麼冷靜！妳不覺得特別激動嗎！」

秦守七聞言就笑了：「要是我跟你一樣，那咱們倆還做嗎？」說完，她手掌隔著褻褲握上了韓初見最為敏感之處。

「我這是本能。」

小弟被她握著，韓初見脹得難受，偏偏她還和沒事人一樣慢慢的動，故意撩撥他。韓初見咬牙呸了一聲：「您本能真強！」

秦守七摸他的動作停了下來，湊到他耳邊輕聲道：「跟你比起來我本能是挺強的，今天要好好讓你見識一下。」

韓初見本來瞇著的眼猛然睜開，就看到秦守七笑得特別邪魅的表情，不正經到了一種程度！

「以前我覺得妳挺正經的，現在我才知道妳一點也不正經！」

秦守七聞言，笑意更深，「對你，我從來就沒正經過。」

看她好像笑他是個傻瓜一樣的神色，韓初見就想和她較勁：「我已經懂了，妳一上來就把我擼了，妳確實沒正經過！」

秦守七剝下他的褲子，手指在他身上打了個轉，韓初見猛吸一口氣就聽秦守七附在他耳邊低聲道：「其實我也不單是本能，很早以前我就想上你，上你我也要做點準備……」

第七章
被壓的那人是……

——準備？

——您是準備了皮鞭還是蠟油啊……

秦守七在韓初見大腿內側摸了一把，韓初見倒吸一口氣，這比直接摸他那裡還要難耐有沒有！被扼制住的手腕使勁掙了掙，結果分毫未動，他這是第一次見識到她的力氣到底有多大，曾經能把他輕易扛起，他媳婦果然不容小覷。

手腕被攥得生疼，但他又不能對他媳婦喊疼，被壓著本來已經夠沒面子了，再喊疼，他就應該讓秦守七喊他媳婦了！

擰了擰不舒服的身子，韓初見試圖用說話轉移注意力：「妳還需要準備？妳不是手到擒來嗎？」

濕軟的唇在他身上游移，秦守七握住他的分身套弄了幾下，輕笑道：「對你，我是手到擒來。」她已經用行動證明了她的話。

韓初見咬著牙道：「何止是我……我第一次見妳，有個舞姬對妳以口渡酒……妳不是也手到擒來嗎……就跟現在一樣……應對得從——容——不——迫！」

秦守七聞言，手下的動作沒有停，聲音有些暗啞道：「有這回事？」

很多次了，很多事情他都記得，但是她卻忘了，想起來氣就不打一處來。

「有！妳還摸了她的胸！」

手下他的身體不怎麼緊繃了，秦守七低笑幾聲，抓著他的手腕將他拉起來，赤裸的臀部跨坐在他膝上，她彎下身細吻著他胸前，「你沒有的，還不許我摸別的人。」說著還戲謔的捏了他一下。

對於她的玩弄，韓初見氣惱的拍開她的手，「妳沒有的，那我也去摸別人的？！」

秦守七的動作停了下來，看著他的眸光裡閃過一絲狡黠，她咬了他的唇一下，抬起一條腿用膝蓋頂了一下他的腹部，又將他結結實實壓在床上，貝齒啃咬著他的紅唇，「你敢！」

單單兩個字都比他那一句話有氣勢！媳婦不愧是媳婦！就衝著她這兩個字，他有種預感，他以後就是被壓的命！而且被壓得特別銷魂……

韓初見呼哧呼哧喘著粗氣，她的手和唇不斷撩撥著他身體裡最深處的慾望，比他自己還要熟悉他的敏感點，慾望如野火燎原一發不可收拾。

攥著他的手鬆了鬆，秦守七在他耳邊呵氣道：「差不多了吧。」

熱氣噴在耳邊，韓初見有些迷糊：什麼差不多了？

下一秒他便知道她的差不多是什麼意思了！

她腰部抬了起來，卻微蹙眉頭，眼中似乎也有些……緊張？

他媳婦若是坐下去，他被壓就會成為事實了！手腕擰了擰，秦守七抓著他的力度明顯鬆了，電光石火之間，韓初見一翻身，扭轉乾坤，將秦守七結結實實壓在身下！

秦守七沒想到會在這個節骨眼上被韓初見反壓，錯愕之餘也沒把他推開。

韓初見雙手支起身子，與她對視，目光炯炯的說：「媳婦，讓我來吧。」語畢，他便低下身子吻在她的脖頸上。

一開始是學著她輕舔，這種感覺倒是讓秦守七極為舒坦，便也順著他了。

感受到她滑動的喉嚨，韓初見心裡冒出一股衝勁，張口在她脖子上咬了一口。

本來想讚揚他長進了一些的秦守七吃痛的「唔」了一聲：「韓初見，你這狗啃的毛病能改改嗎？」

韓初見嘿嘿一笑：「我要在妳脖子上留下點痕跡，讓別人一看就知道妳是有主的！」

秦守七聞言就笑了，帶著幾分調笑道：「嗯，我爹肯定是第一個看到的。」

韓初見一聽冒出幾滴冷汗，「怎麼辦！我把他忘了！」

最近實在有點激動，搞得他整天迷迷糊糊的，對她的順從愈加得寸進尺，忘了秦老爺子這回事了！要是被秦老爺子知道他們沒成親就做這事，還不一鞋拔子拍死他！

韓初見想著就要起身，秦守七一抬手捏住他的下巴，把他拉了回來，笑問道：「怎麼了？」

他神情有點難堪的說：「還是算了吧，這事等成親後再說……」

秦守七一時沒說話，韓初見突然有點緊張起來，正想著該說什麼，繼而聽她說道：「沒門。」

秦守七雖然語氣霸道了點，卻也沒再反身壓他。只是兩人身體交疊著，他身體裡沒壓下去的慾火都一股腦的衝了上來。韓初見急得一頭汗，他想做點什麼，可是……小黃書他都看過了，怎麼到了辦事上就這麼難呢？

秦守七輕喘了一下，按住他不安分的身子，再來這麼幾下她還真控制不住自己把他一腳踢下去了。

韓初見看看媳婦的臉。她蹙著眉頭，平日鎮定的面容此時也變得不一樣了，額上蒙了些細汗，難受不比他少。

他低頭吻上她的眉心，五指扣住她的手，希望媳婦可以舒緩些⋯⋯

房間裡特別靜，只有他們的喘息聲不斷交織。

韓初見一動不動的趴在她身上，秦守七忍了一會兒沒忍住，抬手把他推開了。聽說第一次是不怎麼好受，她也有點挨不住的感覺。

半坐起身子，扭頭看向一邊被她推開的韓初見，抱著被子把臉埋在了被褥裡一動不動的，若不是看到他因為呼吸而起伏的身體，她還以為他怎麼了。

「怎麼了？」

韓初見聽到她的聲音，抱著被子的手縮得更緊了，臉就是埋在裡面不出來。

丟人！太丟人了！沒幾下他就撐不住了，她媳婦本來就看不起他，這回在床上都沒頂住，剛才還一把就將他推開了，她肯定不爽了。

本來他是想著床下不行，好歹床上把她治得服服貼貼的，結果這下全都不行了！

秦守七悶了一聲，見他沒答話，就沒理他了。身上黏得難受，她披起一件衣服走下床，雙腿間的痛感立刻湧了上來，不知道是不是許久沒受過傷，這點痛令她覺得難受。

「娘的！」

韓初見聽到她下床的聲音，心口就開始發顫，再聽到她不爽的罵了一聲，蹭的就從床上坐了起來，一把摟住她的腰，喊道：「媳婦！妳別走！」

本來龜縮的韓初見突然竄起來抱住她，秦守七也愣了，回過身子問道：「你幹什麼？」

「媳婦，下回我一定堅持住！」

秦守七聞言，還是有點反應不過來，好在她跟男人在一起的時間長，說閒話的時候什麼都聽過，想了想就明白過來他的意思了。

她忍不住笑著拍了拍他的頭，「沒事，第一次都這樣。」

韓初見仰起頭，見她笑得一如往常，心有點放下了，但還是不確定的問了一句：「媳婦，妳真沒生氣嗎？」說著，他抱著她的腰把她拉回床上。

一坐到床上更是不舒服，秦守七皺了下眉頭，「幹嘛生氣啊？快起來，我難受。」

韓初見聽話的鬆開她，才想起來自己身上光禿禿的，扯過一旁的衣服蓋上，想繼續摟他媳婦，卻見他媳婦起身了。

韓初見有點急，這才剛做完要去哪啊！

「媳婦，妳去哪啊？！」

「要點熱水洗洗。你不難受嗎？」

韓初見一聽要熱水，趕緊拉住她的手說：「不能去！妳若是去要了熱水，秦老爺就該知道了！」

秦守七聞言回過身來，有點好笑的看著他，「我把你拉進屋的時候，我爹手下的那些小廝早就看到了，你覺得他能不知道嗎？」

聽到這句話，韓初見像是被雷劈了一樣，他媳婦這一家子怎麼都這麼的別具一格……

「妳爹會不會把我怎麼樣？」

「你要是叫他聲爹，他估計什麼話都不敢說了。二皇子，別忘了你自己的身分。」

韓初見一聽就明白了，他是皇子來著！秦守七跟著他，就連秦守七的品級都比她爹高了，她爹能把他們怎麼樣？要是今天進屋的不是他，估計秦老爺子早就殺過來了。

※◎※　※◎※　※◎※

最近母后查得緊，韓初見沒在秦守七那裡留宿就趕回宮了，進殿的時候還特意看了看母后在不在，一看沒在便趕緊偷摸回了屋，剛一合上門，背後突然冒出人聲。

「回來了。」

韓初見猛地一回身，就看見他大哥韓初容正坐在桌邊喝茶。

「哥！你嚇死我了！你大半夜在我這裡做什麼！」

韓初容淡然的品了口茶，「母后說了，怕你跑了，讓我盯著你一點。」

「我跑什麼跑啊！我幹嘛跑啊！」

「你不是不願意娶那個克魯爾的公主嗎？」

韓初見聞言，一股煩悶就上來了。

其實被指和親的人不是祝羲，是他。

「我是不娶，但是我也不會跑。哥，你說梁宰相他兒子如何？能入得了那個什麼公主的眼嗎？」

韓初容看著他一笑：「梁宰相家一脈單傳，就這麼一個兒子，如果去和親便是入贅到克魯爾，你認為梁宰相會讓兒子『嫁』過去嗎？」

梁景成這老狐狸就這麼一個兒子，寶貝得很，挑個兒媳婦都挑了好幾年，這才空著嫡妻的位置，若讓他兒子和親去克魯爾，鐵定要鬧個天翻地覆。

韓初見擰著眉頭坐他對面，問道：「哥，非要是皇親才不用和親到克魯爾去嗎？要是讓那個公主嫁到梁宰相他們家行不行？」

韓初容勾脣一笑：「你認為呢？人家公主是皇族，下嫁你朝大臣還要到大宗來，人家向你示好，你反而抽了人家一巴掌，顯然是你大宗不給人家面子。若是你，你會安分的接下這一巴掌嗎？」

韓初見平日不喜歡跟那些公子哥混，京城裡那些大臣的兒子這個節骨眼上他還想不起來幾個；韓初容就不一樣了，京城裡是個權貴就跟他熟得不行。

最後一拍桌，他對韓初容道：「哥！你得幫我！我已經失身了！」

韓初容正喝著茶，聞言一口茶噴在韓初見的臉上，咳了許久才緩過勁來，「你這用詞怎麼聽起來怪怪的呢……」

韓初見也沒惱，抬手抹了一把自己的臉，「你管我什麼用詞不用詞的！反正這事你得幫我，不然我直接私奔，到時候母后找你要人，你自己看著辦吧。」

韓初容聽他這無賴口氣也沒急，挑眉問道：「秦守七？」

「嗯，除了她能是誰啊！」

韓初容了然的點點頭，「餓狼撲虎啊～」

雖然這形容詞有點不對味，但是總比告訴他哥是秦守七先撲他的好。韓初見點了點頭道：「對！撲了！」

「什麼時候的事？」

「就是剛剛……你問這麼多幹嘛？幫還是不幫！痛快點！我累著呢！」

韓初容聞言又是一挑眉，「韓初見，我欠你嗎？」

韓初見一拍桌子站起來吼道：「欠！你出去混的錢哪次不是我給你的！靠你那點俸祿早喝西北風去了！哥，咱們倆可是同一條船上的人！父皇一向以母后為大，要是母后鬧起來，我鐵定沒戲了！我要是跟父皇說，他肯定又哄我，再來個十萬個為什麼把我堵得一句話也說不出來！你若是替我說動他，你們兩個老狐狸一起去說動母后，我適時來個一哭二鬧三上吊，這事指定能成！」

韓初容聞言繃著臉，眉頭緊鎖，「你把前景想得真好，你以為這是玩扮家家酒呀？」

韓初見抬屁股湊過去，抱住韓初容的胳膊，帶點撒嬌道：「我這不是有這麼一個好哥哥了嗎？哥，沒了我，你怎麼狼狽為奸？我的身心都是我媳婦的了，要是沒了我媳婦，這日子就不過了！」

韓初容見他這賤樣，沒繃住笑了出來，一腳踹開他，「你快滾吧！」

一見他笑，韓初見就覺得有戲了，趕緊加把勁：「哥～你就幫我吧！以後我再也不用柳詩姑娘來威脅你了！」

「秦守七呢？」

「我媳婦可乖了！我說東她不敢往西！你以後多這麼一個弟媳婦可是如虎添翼啊！我媳婦多強啊，大宗國找不出第二個！」

他這話明顯的不可信，但是韓初容也沒揭穿他。韓初見看起來脾氣軟，其實比誰都有主意，他不想做的事誰也逼不了他。他來找自己這個當哥的，是想有個商量的餘地，如果不幫他，私奔這種事他說不定真能做出來。

秦守七那個人他雖然沒怎麼接觸過，但脾氣絕對是比他弟弟只硬不軟，不知道是怎麼被他弟弟拿下的？可如今生米煮成熟飯了，也不是說散就能散呢。

韓初容撣了撣衣服，站了起來，「我回去想想。最近別總到外面跑了，有時間帶你媳婦去見見母后，你媳婦風評在外，若是不讓母后見見真人，任誰吹耳邊風都沒用。」

一聽韓初容這話，就是答應了一半了，韓初見激動的抱著他就在他臉上親了一口。

韓初容趕緊噁心的推開他，「你就騷吧！」說完抬腿走人了。

※◎※　※◎※　※◎※

早晨，一家人圍在一起吃飯，桌上靜得只有碗筷的協奏曲。

秦守七放下筷子，「我先走了。」

她剛推開椅子站起身，憋了一早晨的秦老爺啪的一掌拍在桌上，「秦肖！」

三嫂看了看兩人風雨欲來之勢，趕忙抱著小秦念帶著下人退下了。

門關好後，秦老爺又拍了下桌子，「坐下！」

秦守七皺了下眉頭，最後還是老實的坐下，雙手環胸，一副「我就坐這等你罵」的神色。

秦老爺看慣了秦守七死豬不怕開水燙的模樣，緩了緩氣也沒動怒，「秦肖，妳從小到大都很有主見，我也沒怎麼管過妳，但我好歹是妳爹，妳的終身大事總要過問我一下，我問問妳的終身大事還要擔心妳樂不樂意聽，像我這麼委屈的爹，大宗國都沒有第二個！妳到底是怎麼想的，和我說一句能累死妳嗎？人，說帶回來妳就帶回來了，說走就讓他走了，妳過來和我說一聲是會怎樣？把妳爹我當不存在一樣，妳什麼意思！」

秦守七聞言愣了愣，「您不是都知道了嗎？」

她這樣子明顯是「你不是知道了嗎？我再說一遍有什麼用？」的坦然樣子。

秦老爺忍住想要把碗扔她臉上的衝動，咬牙切齒道：「有妳這種女兒，我沒被氣死真是萬幸！」

「爹，您想讓我說什麼？事情已經這樣了，我自然是要嫁給韓初見了，難道您不同意嗎？」

這話就是：你同不同意我都要嫁，難道你還要表達一下「你不同意」這個意見嗎？

秦老爺氣得直運氣，他真是絕望了，這麼多年以來，沒有一次和秦守七說話不動氣的，可動氣了也沒用，她永遠是一副「你就是拿我沒辦法」的樣子，讓他無話可說，最後都是不了了之。

順了口氣，秦老爺最後問上一句：「妳當真要嫁二皇子？」

秦守七篤定的點點頭，「對。」

「行了，妳該滾哪去就滾哪去吧，見妳我就煩。」秦老爺擺了擺手。

秦守七見他這樣，嘆了口氣道：「爹，別閒著沒事總生氣，有時間去打打牌，總憋在家裡，沒氣也憋出氣了。」

他說了這麼多，他這混女兒還以為他這是閒著沒事憋出來的！他拿起碗就砸了過去，怒道：「滾！」

「啪！」

秦守七輕巧的躲了過去，抬手喊了一聲：「別砸盤子！吳青窯的瓷呢！」

秦老爺抄起盤子就要扔過去，「還不滾！」

秦守七趕緊撩袍子跑了出去，生怕她爹真把盤子砸了。

第八章
奪魁就能娶媳婦！

韓初見興奮了一晚上沒怎麼睡，滿腦子都想著他媳婦已經是他的了，才剛分開就想去秦府找她，所以一大早便備了馬匹衝到秦府。他剛走到門口就聽到裡面傳來摔碗的清脆聲，然後就是秦老爺叫滾的聲音，再然後他媳婦就火急火燎的出現在他面前了。

韓初見心下一驚，抬手擋住了秦守七，抓著她的胳膊左瞧右瞧，心急的問道：「媳婦，妳沒事吧？」

突然看到韓初見，秦守七愣了愣，在他脣上啄了一下，「乖，進去陪陪我爹。」說完人就不見影了。

韓初見摸摸脣，心裡美滋滋的，不過看著眼前的木門，想起裡面的秦老爺，他的心情又不美了。

這動靜，肯定是父女倆吵架了，其理由很有可能是因為他。

他深吸了一口氣——岳父大人總是要見的！

韓初見推門而入，就見他岳父大人氣勢洶洶的舉起盤子，韓初見下意識的一躲，但是他岳父大人的盤子並沒有扔過來，看到是他，反而將盤子放下了。

韓初見小心翼翼的走過去，見岳父大人沒有什麼過激行為，才在隔了一個位的位置坐下，輕聲喊道：「鎮北公？」

秦老爺沒理他。

「秦老爺？」

秦老爺依舊沒理他。

「岳……岳父大人？」

秦老爺這才看了他一眼，沒頭沒腦就問上一句：「你真喜歡那個小崽子？」

聽到這稱呼，韓初見愣了愣，肯定是指秦守七，繼而堅定的點點頭說：「喜歡。」

秦老爺癱軟在椅子上，十分感嘆的吁了口氣：「真有勇氣啊……」

是，沒點勇氣和毅力真拿不下他媳婦。

只說了那麼一句，秦老爺就閉眼不說話了，不說同意，也不說不同意，就這麼安靜的坐著不動。

岳父大人不說話，韓初見也不敢輕易開口，他猜不透對方的想法。

之前他就試探過秦老爺，一直是不說好也不說壞的態度，也不知道他們這一大早為什麼吵架，怕說出什麼話來弄巧成拙。

良久，秦老爺睜開眼睛看向他，「二皇子啊，你比秦肖那小羔子懂事，她要當你這皇家媳婦我管不了，我也不想管，我這個當爹的只盼著她平平安安就好了。她性子不好，你要管著她些，免得給你惹什麼禍事，不討皇上和娘娘的歡喜。」

韓初見聞言便明白了，鄭重道：「岳父大人，您放心吧，我定會護她周全的，我父皇和母后也會喜歡她的！」

秦老爺點點頭，站了起來向他伸了伸手，「咱們出去溜溜吧。」

韓初見趕緊上前扶上老丈人，「行，我帶您去看看戲，館子裡新出了戲呢！」

※◎※　※◎※　※◎※

鑼鼓喧天，鞭炮齊鳴，今日是京城前所未有的武林盛事。

在京城，從未有人舉辦過比武性質的大會，因此前來圍觀看熱鬧的人擠滿了整條街，熙熙攘攘，熱鬧非凡。

秦守七站在紅樓之上負手而立，難得穿了一件色彩豔麗的衣服，使得整個人散發出不一樣的光輝。可她眉心微皺，似乎在為什麼事情煩心。

此時，路雲走上紅樓，壓低聲音道：「已準備妥當。」

秦守七聞言，眉頭未鬆，「好，這場請君入甕的好戲只能贏不能輸，你盯緊些。」

「是。」說完，路雲便退下了。

此次比武大會的核心不在招親。

除去招親，它有眾多的亮點——

第一：威震鏢局已經打出了名號，從這次大會脫穎而出之人必將會在武林掀起一股風潮，成名在此一舉。

第二：京城鏢局新開，人手正缺，許多高不成、低不就的武林中人沒有個合適的謀生，而威震鏢局待遇豐厚，已經成為許多人爭先搶奪的地方，此次若是被看中，以後便可以衣食無憂。

第三：威震鏢局有一個寶物，叫「遇水珠」，遇水變色，不同的溫度呈現不同的顏色，是不可多得的寶物，第一名的可以得到此寶物。

秦守七的主要目的便是這第三點，江湖上鼎鼎有名的盜賊虛言想要這顆珠子，而他在之前壞了秦守七兩樁生意，因此這次她必須要抓住他！

宋清歌搖著他那柄金燦燦的扇子步上紅樓，走到秦守七旁邊，百無聊賴的倚靠在欄杆上，開口道：「妳為抓住虛言還真是下了血本。」

秦守七一雙眼睛目不斜視的盯著下面擺設擂臺的人，問：「韓初見那裡如何了？」

宋清歌聞言嗤笑一聲：「他如何，妳自己不知道嗎？六組的人都是妳的人，誰敢動妳男人？韓初見自是過關斬將，過足了大俠的癮。」

比武之前有六組小賽，小賽勝出者才可奪擂，秦守七把韓初見安排在全是自己人的第六組，為他的出線做足了準備。

她是真沒想到韓初見會應戰，還為此苦練了許多天的武功。

「如此便好，我看你也閒著沒事，不如替我照看韓初見吧，畢竟今日虛言會出現，他可不是循規蹈矩之人，所及之處必定會傷及無辜。」

「妳怎麼知道我閒著沒事啊！我這好不容易得空歇會兒，不去！」

秦七爺不怒不惱，勾唇一笑：「一、二……」

聽到讀數聲，宋清歌一身的懶筋終於伸直了，拍了下扇子站直身子哀道：「哎呦我的親祖宗！我去還不行嗎！真看出來韓初見是妳男人了，這招都使出來了！我去！我去！」

秦守七讀數便是底線，就連宋清歌也是不敢輕易觸碰的。

在各種明裡暗裡相助下，韓初見順利擠進了前十。前十裡面有四個提前被秦守七買下為鏢局辦事，便也不在乎名次了，統統為韓初見當了墊腳石，韓初見便順利的擠進了最終的奪魁賽，讓人見識了有後臺的強大。

擂臺上，韓初見一身俐落的勁裝，臉上戴著銀製的面具，在陽光的照射下閃著寒光，遠遠這麼一看，還真有股神秘少俠的味道。

相比之下，對面那個編了滿頭的小辮子、身上的衣服像是破布湊成的傢伙，就完全被比了下去，臺下的觀眾都不禁猜測這是哪來的瘋子？靠發瘋贏得的吧？

奪魁賽，秦七爺親自下來主持，一身豔麗的衣服看得韓初見面具底下的眼睛都能閃出光來，心想：今天必須得把這漂亮的媳婦娶回家！

只見秦守七打量了一番小辮子，那小辮子還挺風騷的，還在眾目睽睽之下朝著不苟言笑的秦七爺拋了個媚眼，對面的韓初見哪受得了？恨不得自己此時真有一身實打實的功夫，把對面的小辮子眼睛挖了！

所以一開賽，韓初見仗著自己背後有靠山先發制人，那小辮子始終帶著一種不正經的笑容，左閃右閃，袖裡還不時射出暗鏢，卻不是針對韓初見，而是將暗地裡躲著的幾個韓初見的槍手全部解決了。

韓初見漸漸覺得不對勁，靠他自己幾個花架子根本堅持不了多久，他底下的人呢？都跑哪去了？

小辮子不正經的笑容突然一變，譏諷道：「秦七爺設擂原來是為了便宜自己男人，那我就用她男人得個便宜好了～」他說罷，招式凌厲起來，沒幾下便把韓初見擒在手中，一把短刀抵在了韓初見的脖子上。

小辮子奮力一躍便躍到秦守七面前，譏笑道：「秦七爺是聰明人，自然知道我要什麼，要妳男人還是給我東西，秦七爺自己選吧。」

此人便是江湖上鼎鼎大名的盜賊盧言！

頃刻間，鏢局的人將盧言團團圍住。

秦守七實在沒想到盧言會挾持韓初見，原本她的計畫是將暗地裡幫助韓初見的人撤回一部分，保證韓初見不會受傷，然後輸給盧言，把遇水珠給盧言的時候再圍攻他，這樣第一也名正言順的落到韓初見的身上，卻不料被虛言先一步知道了韓初見的身分。

秦守七不臊，反而笑道：「虛言，你果真來了！你怎麼就知道你手裡的人是我男人？」

而後她聲色一厲，道：「將他拿下！」

虛言神色一慌，以為自己押錯了寶，慌亂中將韓初見脖子劃破了一道。秦守七眼疾手快，見虛言露出破綻，衝上前去一腳踢飛了虛言手中的刀，將韓初見推向身後交給了鏢局的人，繼而自己與虛言纏鬥起來，招招狠厲，顯然是不想留他一命。

但虛言武功也不弱，秦守七應對起來稍有吃力，鏢局的人要圍攻上來，秦守七厲聲止住：「不可！虛言善藏，人一多他便有處遁藏了！留出空地！」

就在此時，一人竄上擂臺，身形高大，招式淩厲如風——是祝義。

祝義對秦守七道：「此人我替妳拿下，妳快去看二皇子。」

有了祝義，秦守七自然放下心來，不再戀戰，匆匆下了擂臺，卻不知皇后娘娘鳳駕何時到了。

皇后娘娘此時正抱著韓初見哭得淒慘：「見兒啊！我的見兒啊！你怎麼能死呢！」

秦守七看到皇后娘娘手上的血，自然來不及見駕，立即衝到韓初見面前喊道：「韓初見！」

皇后娘娘看見秦守七，用沾上血跡的手一把將她推開，怒道：「妳滾開！若不是妳，見兒怎麼會來這裡！我早就勸過他了！不要娶妳這種不安分的媳婦，他偏偏不聽！見兒啊……」然後又抱住韓初見聲嘶力竭的哭起來。

秦守七痛心之餘還是有理智的，勸道：「皇后娘娘，還是先找人看看初見的傷勢吧，若是初見真的去了，我秦守七要殺要剮隨您的意！」

皇后娘娘似乎這才意識到自己的兒子不一定就這麼歸西了，忙喊道：「太醫！太醫！宣太醫！」

擺擂臺免不了受傷，大夫自然是早早備好的，就是皇后娘娘一把將自己兒子拉過去哭喪了，大夫不敢輕易向前，這一招呼便趕忙上去診治了。

皇后娘娘急急的在一旁問道：「我兒如何了？」

大夫回道：「回稟皇后娘娘，二皇子只是受了一點皮外傷，這應該是嚇暈過去了，草民給二皇子先包紮一下，回去休息休息便無事了。」

原是虛驚一場。

秦守七瞄了眼躺在地上的韓初見，他睫毛還不安分的動了動，原來是在他娘面前裝死呢！恐怕是瞞著皇后娘娘來打擂臺，不敢跟皇后娘娘照面——沒出息！

皇后娘娘聽聞後鬆了口氣，但還是不放心暈過去的兒子，趕忙招呼人把二皇子抬進車輦裡，而後對秦守七狠戾道：「明知晃兒是皇子還讓他打擂臺是何居心？來人！將秦守七押去刑部受審！」

這時，正被人抬起來的韓初見突然呼喊道：「七郎！七郎！」他手臂同時在空中亂揮舞，彷彿夢魘了一般。

秦守七自然知道韓初見打的是什麼主意，上前握住他的手，「我在這。」

韓初見這才安靜了，但只要秦守七鬆開他，他便又「夢魘」了。

皇后娘娘沒辦法，只得讓秦守七隨駕入宮。

※◎※　※◎※　※◎※

皇上、皇后、大皇子、秦守七統統在韓初見身邊守著。約莫過了半個時辰，韓初見就裝不下去了，昏昏沉沉的睜開眼睛。

皇后娘娘立刻推開握著韓初見手的秦守七，衝上前去問：「見兒！你怎麼樣了！」

韓初見迷濛的眨眨眼睛，「妳是誰？」赫然一副失憶的樣子。

皇后娘娘大駭：「兒啊！我是你母后啊！這是你父皇！這是你大哥！這個……你不認識！你仔細想想！」

偏偏指到秦守七來了句不認識，可「失憶」的二皇子還就只認識秦守七，「七郎！他們是誰啊？」

說真的，這種拙劣的手段秦守七都不屑配合，於是沉默不言。

皇后娘娘看了看秦守七，又看了看「失憶」的二皇子，而後……一巴掌拍在韓初見的腦門上，「兒啊，你失憶了嗎？母后多拍你幾下你就不失憶了！」說罷，又要一巴掌拍上去。

韓初見趕緊抓住親娘的手，「母后！我想起來了！皇后娘娘手下留情！」

皇后娘娘冷冷一笑：「還真是有了媳婦忘了娘！」

韓初見一喜，從床上坐起來，「母后！妳承認守七是妳兒媳婦了？」

皇后娘娘完全不顧自己兒子的脖子有傷，又一巴掌呼上去，「我什麼時候承認了！你想娶她們都沒有！」

嘿！堂堂皇后說話不算數呢！

韓初見捂著腦袋，梗著脖子叫：「什麼叫門都沒有！我就娶秦守七！除了她誰也不要！母后！妳也看到了，我為了她死都不怕！妳別逼我！」

兒子這個不爭氣啊！皇后娘娘巴掌五連拍，「呸！死什麼死！多不吉利！你要死就趕緊去！你看是你死得快還是你母后我死得快！」

赤裸裸的威脅，這誰不會啊？

一向不會說的韓初見啞口無言，望向媳婦。

秦守七嘆了口氣，有什麼樣的娘就有什麼樣的兒子。她面向皇后娘娘，謙恭道：「草民秦守七自覺無才無德，配不上二皇子，請皇后娘娘放秦守七出宮，秦守七會在一個月內離開京城。」

韓初見聞言不敢相信，驚聲道：「秦守七！」

皇后娘娘也不敢相信，秦守七這是知難而退，還是經過此事嫌棄她兒子沒有用？早聽說她跟祝羲有一腿，這次祝羲挺身而出替她降了仇家，而他兒子淪為人質，她莫不是為此要吃回頭草了？

「來人！送她出宮！」

皇后娘娘似乎是成功阻止了兒子娶這無才無德的媳婦，但怎麼感覺委屈呢？咦，是不是因為她兒子先被甩的原因？

韓初見在後面又喊又鬧：「秦守七！」

而秦守七一去不回頭。

※◎※　※◎※　※◎※

半個月後——

這半個月，韓初見每天想著出宮去找秦守七問個明白，但皇后娘娘加強了對他的守衛，他就算是變成蒼蠅也飛不出去，可把韓初見鬱悶得撓牆撞柱子。

正當韓初見鬱悶得想要挖地洞的時候，一聲「初見」傳來，他一抬頭，原來是大哥韓初容來了。

韓初見一見到大哥，毫不猶豫的奔過去抱大腿哀號道：「哥！求你了！救我出去吧！我要見七郎！」

韓初容嘆了口氣將二弟扶起，拉他到一邊坐下，「來，二弟，大哥跟你說。」

韓初見聞聲一愣，大哥的語氣怎麼如此凝重？他立覺不好，趕忙問道：「哥！怎麼了！

是不是七郎出事了？她是不是得了什麼絕症所以才不要我的？」說著就要失聲痛哭。

韓初容眼皮一抽，韓初見真不愧是韓初賤。

「你聽父皇的故事聽多了……你的七郎什麼事也沒有，她是好事將近了。」

韓初見一聽，要迸出來的眼淚就止住了，驚問：「什麼？！什麼好事！」

韓初容嘆了口氣，一副替他惋惜的樣子解釋道：「二弟啊，祝大將軍家的老二祝允，你知道嗎？他要入贅給秦家，給秦老爺當上門女婿，給你家七郎當相公。祝大將軍被氣得都不認這個兒子了，這麼一來正好，他立刻要跟著秦守七離開京城，以後再也不回來了呢，你還是……」

韓初見哪會信？他立刻站起來說道：「我不信！我要去找她！大哥，你讓我去找她！你要是不讓我去我就……」

韓初容趕緊捂上他的嘴，「我讓你去！讓你去！今天母后正好去瀚蘭寺上香，我可以偷偷放你出去。」

在韓初容的幫助下，韓初見偷偷出了宮，一路衝向秦家。秦家果然一副要離京的樣子，行李都裝好了，秦守七正在院中指揮下人將行李搬上馬車。

「秦守七！」

秦守七一聽他聲音轉過身來，勾脣一笑：「你來了。」

韓初見氣呼呼的跑過去，左看右看最後道：「祝允呢？」

秦守七一頭霧水，「什麼祝允？」

「我哥說祝允要給妳家當上門女婿，妳這就和他離京呢！」

秦守七噗嗤一笑：「我是要離京，不過不是和他，是送我嫂子和姪子回去，順便親自做一單生意，恐怕兩、三個月回不來。我是讓大皇子問問你，可願和我一起去做這單生意？」

這下換韓初見陷入了一頭霧水，他茫然道：「什麼意思？」

秦守七摟上他的肩，眉眼一彎，低笑道：「就是你願意和我離家出走嗎？」

依秦守七之見，皇后娘娘軟硬不吃，又是萬人之上，就連皇上都要退讓她，對付她唯一的方法就是——直接拐走她兒子。

韓初見這才恍然大悟，原來他哥又整他呢！

——姓韓的都沒好東西！我以後姓秦了！

「去去去去！」

韓初見答應得特別堅定和爽快！

※◎※　※◎※　※◎※

馬車上——

二皇子：「媳婦，我愛妳。」

秦七爺：「嗯。」

二皇子：「媳婦，妳愛我嗎？」

秦七爺：「嗯。」

二皇子：「媳婦，妳以後不會拋棄我吧？」

秦七爺：「嗯。」

二皇子：「媳婦，妳以後不要和其他男人喝酒了。」

秦七爺：「嗯。」

二皇子：「媳婦，妳以後出去都要帶著我。」

秦七爺：「嗯。」

二皇子：「媳婦，妳能說點除了『嗯』以外的話嗎？」

秦七爺：「你再不閉嘴我就後悔了。」

然後，車裡好安靜。

《七爺座下02她的傲嬌相公》完

番外一 大將軍的野蠻公主

皇后娘娘最近很煩躁，眼見遠道而來的克魯爾國王就要帶著公主進京了，小兒子卻和個混女人跑了，到現在都還沒尋到消息，到時候相親可怎麼辦？此等關乎兩國和睦的大事，該如何是好？

「大皇子到！」

聽到大皇子來了，皇后黯淡的眼眸亮了起來，帶著些許希冀望向剛走進門來的大皇子韓初容。然而，韓初容對上母后飽含希冀的目光搖了搖頭，皇后亮起的眸子便黯了下去，繼續長吁短嘆。

韓初容此時卻輕輕一笑，故作神秘的湊了上去說：「母后，小弟雖未找到，但是兒子帶來一個好消息。」

聽到「好消息」這三個字，皇后並沒有多少喜悅的神情，小兒子沒找到什麼都不算好消息，她仍是萎靡不振的道：「什麼好消息？」

韓初容從旁坐下，先喝了口茶才眉飛色舞道：「母后，您不知道呀，那克魯爾公主的剽悍程度可不比秦守七差，果然是天外有天，人外有人！臨近京城之時，克魯爾公主竟打傷了三十多個護衛逃跑了！」

「母后，您是知道的，去迎接克魯爾王的護衛那可都是宮裡一等一的護衛，這公主竟與隨行丫鬟兩人便把三十多個護衛打了個落花流水，不是一般的剽悍啊！她一跑了，暫時不就進不了京了嗎？這還不是好消息？」

接著，他又嘀咕了一句：「要我說，秦守七可比她溫柔多了……」說罷，他一雙眼睛偷偷瞧著母后的臉色。

母后一向覺得初見懦弱可欺，勢必要替他找個溫順的媳婦，所以一直瞧不上比男人還霸氣的秦守七，生怕自己的兒子在她那受了委屈。這次可好了，克魯爾公主在他的精心謀劃下比秦守七還剽悍，看母后還怎麼忍下心讓初見娶這位克魯爾公主。

果然，皇后一聽便皺起了眉頭。她兒子這是什麼命啊！怎麼碰上的女人一個比一個厲害！這公主斷斷是不能娶了，她兒子手無寸鐵，這婚後還不被收拾得慘不忍睹？

韓初容瞧著有點效果，再繼續從旁慫恿道：「母后，要我說，您還不如成全了初見呢！他喜歡秦守七就讓他娶唄，省得他離宮出走不敢回來。這秦守七再厲害，還不是一介布衣？有您和父皇撐腰，她敢對初見怎麼樣？但這公主可不一定了，人家可是從克魯爾來的和親公主呢……」

皇后一拍桌子打斷韓初容的話，想她小兒子「如花似玉」，怎麼就非要吊在這兩棵歪脖樹上？兒子不懂事，她做娘的怎能糊塗？媳婦一定要溫順的！

「不要說了，容兒，你弟弟不懂事便罷了，你怎麼也這般不懂事了？那秦守七是個能安分過日子的人嗎？成日東奔西跑，怎能替你弟弟打點好後院的事情？我心意已決！你速速把你弟弟給我抓回來！」

韓初容聞言，只能出殺招了！

他擺出一副難以啟齒的模樣，小心翼翼道：「母后……其實初見不是一點消息也沒有……」

皇后一聽拍案而起，急急道：「你弟弟怎麼了？莫不是真被那個女人欺負了？」

韓初容連忙擺手，道：「這倒不是……只是他更不大可能回來了……」

皇后急了，道：「怎麼回事！你速速說來！」

韓初容安撫的替皇后順了順氣，解釋道：「是這樣的……母后，您也知道的，年輕人嘛……年輕氣盛……乾柴烈火什麼的……那秦守七似是有身孕了，可偏偏咱們追擊的人一個不注意誤傷了秦守七，二弟便也動了氣，誤會了母后，說母后把他逼上絕路，揚言這輩子都不回京了……」

皇后一聽立刻變了臉，「秦守七有身孕了？」

韓初容點點頭，「應該是，護衛傳話來說，二弟的原話是這樣的：『虎毒不食子，母后竟然連自己的親孫子都不放過！我回去又有何用？我這輩子都不會回京了！有本事就連我的命一併取走！』然後侍衛們就不敢再攻，將人都放走了……」

皇后急急道：「那秦守七是傷到腹中的孩子了？」

「沒有，侍衛說只是傷到了手臂，可一聽秦守七有孕了便不敢再動手。」

皇后先是鬆了口氣的樣子，又馬上拍案而起，道：「這秦守七毫無女子該有的矜持，竟未婚先孕！但……既然已經有了皇室血脈，定不能流落在外，本宮姑且承認了她，放話出去讓他們速速回來，本宮允他們成親了！這就去讓你父皇下旨！」

果然啊，母后對孫子可是盼了許久了，他這裡許久沒消息，母后就盼著二弟能早日成婚，生個孫子讓她玩玩。

好不容易，這孫子終於有了，讓步是自然了，不過……

「母后且慢，此時暫時不可，克魯爾公主雖然跑了，但克魯爾王很快就要進京了，您這就傳出去您小兒子要成親了，將克魯爾王置於何地？」

皇后一聽鎮定下來，差點誤了大事，還是大兒子謹慎，「依你之見，如何是好？」

韓初容淡淡一笑，道：「兒子自有辦法，您少安勿躁，兒子定能將克魯爾公主之事解決，還能讓初見回來。」

韓初容陰險的瞇起眸子，心道：祝將軍，誰讓你和我弟弟搶媳婦呢？這事就交給你了……嘿、嘿、嘿！

※◎※　※◎※　※◎※

「公主，您說這大宗國的護衛也太差勁了，被您三下兩下便收拾了，想必他們的皇子也好不到哪裡去。」

一個書僮打扮的黑面小丫頭狠狠咬了一口手中的燒餅，嚼了幾下又吐出來，「呸呸呸！這是什麼啊！好難吃！陛下竟然要把公主您嫁到這種地方，太狠心了。」

一身書生打扮的克魯爾公主腰間掛著把劍著實不倫不類引人注目，她似乎毫不自知，冷哼一聲道：「想娶本公主？想得美！先問問本公主的拳頭！」說罷，她晃了晃握起的拳頭，一拳將黑面小丫頭手中的燒餅打飛。

另一邊——

「嘖嘖嘖，將軍，這克魯爾的公主還真是粗魯，您說真的是她打傷了三十多名護衛嗎？」喬裝打扮的祝義左護衛肖子瓊，回身看向抱胸而立的祝義。

祝義著一身江湖氣的青衫，腰間佩劍，遠遠一看赫然一個江湖俠士。他打量了克魯爾公主一眼，沉聲道：「我們先靜觀其變。」

肖子瓊有些想不明白，這克魯爾公主明明就在眼前了，為何還不抓了她回去交差？難不成將軍也怕這打傷了三十幾名護衛的小丫頭？

祝義行軍打仗多年，怎麼會怕一個小丫頭，只是他覺得事情十分蹊蹺，他之前去看過那三十幾名受傷的護衛，他們身上皆有暗器所傷的痕跡，這證明有人在暗中幫助克魯爾公主逃脫護衛。他接到皇上聖旨前來尋找克魯爾公主，一路上順暢異常，總有人能為他們留下蛛絲馬跡，讓他們輕而易舉找到克魯爾公主……

依他之見，此事必有蹊蹺。

肖子瓊繼續問道：「就這麼跟著？」

祝義點點頭道：「且先跟著這位克魯爾公主，看看她要去何處。」

克魯爾公主和她的丫鬟小竹採買了些東西便繼續上路了，看方向似是要回克魯爾，兩人一點也不像是出逃，遊山玩水好不快活，且兩人一點也不像是有心計的樣子，一路上不知道被人擺了多少道，若不是祝羲和肖子瓊跟著，恐怕無法逍遙快活到現在。

「此樹是我栽，此路要我開，要想過此路，留下買路財！」

肖子瓊正無聊的打哈欠，聽到這聲音便睜大了眼睛。不遠處，幾個提著大刀的大漢將克魯爾公主她們二人圍了起來，他看了看前面的祝羲，似乎並不想過去相助的樣子，便也只能在原地看著了。

那克魯爾公主想是打過三十多名侍衛，便對這幾個劫道的不屑一顧，輕蔑的哼了一聲便提劍衝了上去。

肖子瓊仔細觀察了一番，要說這公主確實是會些功夫，但若說這功夫能打過三十多名訓練有素的護衛便有些天方夜譚了，那她當初到底是如何逃脫的？

「公主！小心！」

眼見克魯爾公主的手臂被大漢的長刀劃了一道，祝羲這才提劍衝了上去，肖子瓊連忙跟在後面，兩人武功高強，三下兩下便把這些山野莽夫打跑了。

祝羲將手中的長劍收回腰間，走到克魯爾公主面前，見她只是手臂被劃了淺淺一道，便轉身要走，似乎並沒有暴露自己身分的意思。

抱著手臂的克魯爾公主見恩人走了過來看她一眼，然後一句話都不說就要走了，她連忙追了上去擋在對方面前，用不怎麼流暢的漢語道：「你不許走！」

祝羲聞聲停下腳步，抬眸看向克魯爾公主，一雙黑眸像是深潭，深邃得彷彿要把人吸進去一般。

克魯爾公主這時才看清楚他的樣貌，不同於克魯爾男人的粗獷，這個男人剛毅的容貌有著克魯爾男人沒有的俊逸，她臉頰不自覺的一紅，輕咳一聲，昂著頭又說了一遍：「你不許走！」

祝義抱臂而立，眉峰輕挑，問：「為何？」

深潭般的眸子看著她，讓她心頭一滯，為……為何？

克魯爾公主愣了一會兒才趾高氣揚道：「你是我的恩人！不能就這麼走了！」

祝義聞言沉默半晌，輕飄飄一句：「順便罷了。」然後繞過克魯爾公主繼續向前走。

克魯爾公主見他又要走，趕忙追上去抓住他的衣袖，「叫你不許走就不許走！我賽麗是有仇必報的人！」

小竹在一旁趕忙拉了拉克魯爾公主的衣袖，提醒她把自己的真名暴露了出來了。

賽麗捂住嘴，黑亮的大眼睛左右亂看。

祝義回眸，有些好笑道：「有仇？」

賽麗一愣，想了半天才趕緊擺手道：「呃……不是不是！有恩必報！有恩有恩！」

祝義對她輕笑了一下，「區區小事，不足掛齒。」

賽麗不懂什麼掛不掛齒，只覺得面前這個男人笑起來好看極了，她從未見過這般好看的男人！好看到她想撲上去咬他！而且這個男人俠義相救又不圖回報，一定是個好男人！

她連忙走上去抓住祝義的手，忙不迭道：「要的要的要的！」

祝義低頭看向握著他的手，蹙眉拂開，「姑娘，男女授受不親。」說罷躲開，不再讓賽麗近他的身。

賽麗大眼一瞪，一副不可思議的模樣，他……他怎麼看出來她是女扮男裝的？

祝義似是看出了她的心聲，毫不留情道：「姑娘的女扮男裝著實拙劣了些，告辭。」

賽麗武功沒他高，漢語也不好，聽不明白他的話，又不知該如何表達自己的心情，便用最野蠻的方式抽出劍橫在他面前，「那你打敗我！打敗我就可以走了！」

祝義搖頭，「我不和女人動武。」

賽麗急得跺腳，眼見祝羲施展武功要甩開她，她急忙跟上去，「你若是不打敗我，我就跟著你！」

祝羲勾唇一笑，回眸道了一聲：「隨意。」

隨後，他大步向前掠去，卻又不至於把賽麗甩得太遠。

賽麗收起劍緊跟其後，小竹只好收拾包袱緊跟了上去，剩一個肖子瓊摸著後腦勺一臉的莫名其妙，他們這是完成任務了嗎？

※◎※　※◎※　※◎※

「公主，他們似是要進京城的樣子，我們也要跟著嗎？」小竹湊在賽麗耳邊小心翼翼的問道。

賽麗一雙眼睛一眨不眨的盯著正在烤火的祝羲，毫不在意的點頭道：「跟著啊！進京城就進京城，這麼久了都沒人找到我們，我們還怕什麼？不知道大宗有句話嗎？最危險的地方就是最安全的地方！」

好不容易遇到一個讓她感興趣的男人，她一定要把這個男人弄到手，帶到父王的面前！省得父王又逼她嫁給那個油頭粉面的皇子！

她早就聽暗報說了，父王帶她來是為了把她嫁給大宗的二皇子，聽說那個二皇子油頭粉面，是個和小丫頭一樣的男人，她怎麼可以嫁給那種男人？所以她就逃跑了。不過，能在大宗遇到眼前這個男人，算是意外的收穫呢～

祝羲將烤好的叫花雞拿了出來，看向目光灼灼的賽麗。賽麗被他一看，紅霞爬上面頰，拘束的眨了眨眼睛。

祝羲見她如此以為她是餓了，便把手中的叫花雞遞給她，「吃吧。」

賽麗雙眸一亮，細聲細氣的說了句「謝謝」便接了過來，她敢說她活了十八年都沒這麼溫順過。

小竹瞧見公主高興的樣子，湊到她耳邊小聲道：「我覺得此人是喜歡公主的，之前好幾次能把咱們甩掉，他都停了下來等咱們跟上去再繼續走，現在困在深山中，他還把好不容易獵到的野雞給公主吃了，公主的魅力果然所向披靡啊！」

小竹是用克魯爾語說的，就算聲音大，祝羲也是聽不懂的，何況聲音小呢？

他見賽麗看他，便禮貌的回以一笑。

賽麗一下子紅了臉，用手肘推了小竹一下，「別亂說。」心裡卻是十分認同小竹的話，她可是克魯爾最美麗的公主，他怎麼可能不喜歡她呢！

賽麗捧著手中的雞，心裡美得不得了，站起身坐到祝羲旁邊，「我們一起吃吧。」

祝羲挪開了一些，拿木棍挑弄著火花，「妳吃吧，我不餓。」

賽麗見他刻意的躲避，心裡有些不高興，她掰下一隻雞腿，硬是塞進了他的嘴裡，說道：「叫你吃就吃！」

祝義一愣，眼中掠過片刻的失神，隨即一笑拿下嘴中的雞腿慢慢吃了起來。

賽麗覺得他方才的目光有些奇怪，但沒多想，拿了另一隻雞腿坐在他身旁喜孜孜的吃了起來。

夜深人靜，祝義站在山腳邊眺望，不遠處還有人家的燈火閃閃爍爍，和天上的星辰相呼相應。

玉水還在世的時候便喜歡拉著他到山上看燈火，回想起來，自己到底有沒有愛過玉水，他到現在還沒有想明白，只是在某些時候會不經意的想起她，想起她的纏人，想起她的無畏無懼……明明只是個弱女子，為何要那樣固執和堅持一定要嫁給他？可他終究還是害了她一輩子……

「你成親了嗎？」

賽麗不知何時從他身後走了出來，睜著黑亮的大眼睛看著他。

可能是這燈火讓他回憶起了曾經，有了想傾訴的欲望，便答道：「成親了，只是她已經過世了。」

——他……已經成過親了啊……

賽麗心裡有些失望，但看著他深遠且有些哀傷的目光，她又燃起了鬥志。反正那個女人已經過世了，她一定能取代那個女人的位置！

這一夜過後，賽麗收起了她本來就不多的矜持，對祝羲展開了更為猛烈的進攻，充沛的精力讓祝羲都有些招架不住。

面對賽麗，他好像又看到了當初對他窮追猛打的玉水，只是這次他不會再重蹈覆轍，再傷害一個女子。

※◎※　※◎※　※◎※

一踏進城門，大批護衛圍了上來，將他們圍在中央，領頭的護衛拜見過公主後便走到祝義面前，抱拳道：「祝將軍一路辛苦了。」

祝義點了點頭，道：「將公主護送進宮吧。」

賽麗聞言，總算搞清楚了一切。一路上祝義對她雖然很冷漠，但在一些細節上還是很照顧她、遷就她的，她原本以為他對她是有些喜歡的，卻不料她只是他的任務！他的任務是將她送進皇宮嫁給別的男人！

她憤怒的大吼道：「祝羲！你這個大騙子！」

祝羲望向賽麗，那雙本來清透明亮的黑眸此時蒙上了被騙的哀傷，他心裡閃過一絲他自己也搞不清楚的情緒，眉心不自覺的皺了一下，道：「我從未騙過公主，告辭。」

他什麼都沒說過，又怎麼算騙呢？

賽麗看著他無情的背影嘶吼道：「祝羲！我不會放過你的！」

賽麗公主果然言出必行，進了宮便不顧皇家顏面大鬧了一番，說什麼也要嫁給祝羲，克魯爾王怎麼勸也勸不住。

皇上和皇后知道小兒子跑了，自己也交不出人來，正好這個賽麗公主又一心要嫁給祝羲，便表現得不怎麼愉悅的降旨賜婚了。毫不知情的克魯爾王對此十分歉意，承諾給出十分豐厚的嫁妝。

事後，皇上和皇后好好誇讚了足智多謀的韓初容一番，這事辦得太有智慧了，一箭三鵰啊！

《番外一・大將軍的野蠻公主》完

番外二
七爺是爹他是娘？

韓初見覺得自己能和秦守七修成正果是一件十分不容易的事情，即便事情再多也都推了，只希望能有更多的時間陪在秦守七身旁。

但顯然秦七爺她心裡不是這麼想的，自從坐完月子之後，她便很少回府，據說是因為懷孕生子耽誤了很多事，壓根沒覺得和韓初見在一塊這事有多麼難能可貴。

在家哄孩子的韓初見越想越委屈，逮著蘇妙就開始嘮叨：「你說七郎她心裡到底有沒有我啊？母后好不容易同意了我們的婚事，她卻好像沒怎麼在意的樣子，一天到晚看不到個人影，我怎麼總感覺我是被她拐回來當媳婦的呢？」

「嘬嘬嘬。」懷裡的小白球眨著葡萄般黑亮的大眼睛，嘬著手指頭，好奇的看著抱著他的親爹。

韓初見瞧見了，連忙把他手指頭撥弄下來，大呼：「哎呀！秦有恆！你又吃手指頭！爹爹都和你說過多少次了，髒不髒啊！」

對了，他們的第一個孩子姓秦，叫秦有恆。

秦守七懷孕的時候時常念叨要是招個入贅的夫婿，孩子還能隨她的姓，可惜做了皇家媳婦不僅失去自由，連這個機會都沒有。

堅持爭做天下第一好夫婿的韓初見趕忙應下來生了兒子姓秦，大不了生第二個的時候再姓韓。皇上和皇后聽了大呼兒大不中留，好在韓初容的媳婦在這個時候也懷上了，加之韓初見太會一哭二鬧三上吊，皇上和皇后便也沒那麼堅持了，第一個孫子便隨了秦守七的姓氏。

但，世事難預料，誰知道秦守七當了皇家媳婦以後不僅沒失去自由，還被朝廷重用，生了兒子姓秦之後卻完全不管，倒是韓初見每天在家看顧孩子。

蘇妙早就說過，倒貼就是會吃虧的，他家主子太容易到手了，難怪七爺把他當娶回家的小媳婦對待——但這話自然不能說得那麼直白。

「主子，您不能這麼想啊！七爺本就不是普通的女子，若是她和你成了親便每日在府裡你儂我儂，那還是主子您所喜歡的七爺嗎？」

韓初見哄著懷中的孩子覺得有幾分道理，現在的行徑才是秦守七正常的樣子啊，要是她整日窩在府裡才是怪事呢。

「算了，我出府轉轉好了。」順便轉到媳婦那裡看看好了。

想想馬上能見到一天沒見的媳婦了，他還有些小激動呢！

這不出門還好，一出門韓初見更鬱悶了。

京城現在有兩大熱門八卦，一個是他娶了秦守七，另一個便是祝羲娶了克魯爾公主。

話說祝羲娶了克魯爾公主，不僅沒到克魯爾去當上門駙馬，還讓人家克魯爾公主嫁到大宗來了。來了就來了吧，還每天在京城上上下下各個角落大秀恩愛，天天就看著克魯爾公主追著巡城的祝羲後面大喊：「相公～相公～」

這個克魯爾公主似乎全然不知女子的矜持為何物，毫不理會旁人的閒言碎語，整日追在祝羲後面獻殷勤，大膽得連秦守七都對克魯爾公主表示出了想要結交的興趣。

看看人家的媳婦，再看看自己的媳婦……

同樣是媳婦，怎麼差距這麼大呢！

韓初見覺得自己還是先打道回府吧。

※◎※　※◎※　※◎※

夕陽西下。

秦守七難得回來早了，韓初見趴在門上瞧著秦守七越走越近，趕忙抱著兒子跑到桌邊指著桌上一幅畫絮絮叨叨。

秦守七進了屋，韓初見就一句「妳回來了」，然後頭也沒抬繼續指著桌上的畫和小白球絮絮叨叨。

秦守七微微挑眉，今天有些不對勁啊，若是往日韓初見見她早回來了，早就跑過來熱情的喊媳婦了，哪有這麼冷淡的？

她解下外衣隨手放在一旁的椅子上，走上前問道：「在做什麼？」

桌上擺的是一幅畫，是他們剛成親的時候找西域畫師畫的，這位西域畫師畫人畫得極像，可是這幅畫卻和他們全然不像。

這真的不是西域畫師的問題，主要原因是因為畫的時候韓初見總在念叨要把他畫得英武一些，把秦守七畫得溫婉一些，西域畫師又不好意思回絕，加之秦守七對這個也不是很在意，全當哄著韓初見開心了，所以這幅畫和現實的區別那是相當大的。

韓初見聞聲輕哼一聲，道：「我想兒子現在還小，記不得人，妳又經常不回來，我怕時間久了他忘了娘親的模樣，便用這畫告訴他誰是他娘親。」

——哼，秦守七！妳這個沒良心的混女人，看妳以後還敢不好好回家！小心妳兒子不記得妳的臉！

誰知秦守七卻一副無知無覺的樣子，附和道：「哦？這倒是個好辦法。我去洗個澡，你把兒子送回奶娘那吧，這麼晚了，他也該睡了。」說完，她在秦有恆肉乎乎的小臉上捏了一下，便拿著換洗的衣服去洗澡了。

韓初見看著她坦然的背影恨得牙癢癢：居然只捏兒子的臉！我的呢！我也要被捏！嚶嚶嚶！媳婦妳不能厚此薄彼啊！

韓初見把和他爭寵的兒子送回奶娘那裡，窩在被窩裡等媳婦，越想越不順心，他好歹是一個大男人，天天在家看顧孩子、替媳婦暖被窩算怎麼回事？關鍵的是，那個混女人還沒注意到她相公有多麼「溫婉可人、體貼細緻」，成日出去鬼混！

不行！他得好好樹立一下作為夫君的威嚴！

韓初見才威嚴了一下下，洗完澡的秦守七掀被子進了被窩，順勢摟住韓初見的窄腰，把頭放在了他的脖頸處吸了口氣。

「這麼暖和～」

韓初見臉一熱，用胳膊肘杵了杵她，扭捏道：「別碰我……」

秦守七抬腿壓住他的身子，低頭輕咬了一下韓初見圓潤細滑的耳垂，壓低聲音道：「怎麼了？」

她繼而輕吹口氣，吹得韓初見心頭蕩漾。

這是真的耳邊風啊！

不行！他媳婦又調戲他了，堅決不能敗陣！

「都說了別弄我！今天累……」

韓初見翻了個身，對上秦守七微瞇的眸子，頓時噤了聲，嚥了下口水，眼睛弱弱的閉上說：「睏了，我要睡了。」

閉著眼睛的韓初見許久沒聽到動靜，當他忍不住要睜眼的時候，秦守七翻了個身，輕輕的「嗯」了一聲，道：「那就睡吧。」

不久，傳來了均勻的呼吸聲。

韓初見看著她熟睡的背影，把眼睛瞪得大大的。

——這就完了！這就真睡了！秦守七！妳這個沒良心的混女人！

韓初見狠狠的咬了下被子，居然不知道哄哄他！嚶嚶嚶，哄哄他他就從了啊！

※◎※　※◎※　※◎※

那日夜裡韓初見沒讓秦守七碰，她居然連著兩夜沒回家，韓初見就像是熱鍋上的螞蟻急得團團轉，不知道是該去找她還是不去找她，轉來轉去卻把宋清歌轉來了。

宋清歌近日剛娶了媳婦，是秦守七從軍時戰友周有文的女兒周瑩，正是人逢喜事精神爽的時候，一進屋就笑呵呵道：「呦，二皇子在家呢，秦守七呢？」

韓初見瞧見這個昔日的狐狸精還是感覺很不爽，沒好氣道：「不在，有事快說，無事滾蛋。」

宋清歌搖著「金碧輝煌」的扇子坐下，自己沏茶招待自己，笑道：「火氣怎麼這麼大？慾火焚身無處發洩？」

韓初見聞言，一口老血堵在嗓子眼裡，這隻死狐狸精肯定是聽到了什麼風聲，特意過來奚落他的！

韓初見冷哼一聲，道：「哼，我看宋掌櫃面色發白，眼袋烏黑，定是縱慾過度，且做且珍惜啊！」

宋清歌聞言也沒生氣，繼續樂呵呵道：「妹夫，不和你逗了，兩個大男人爭口舌之快有何意思？我是來邀你和守七去踏青的。話說起來，你們自從回了京也沒出去過，整日在府中有何情趣？我媳婦想出去玩，咱們結隊一塊出去逛逛吧？」

宋清歌小算盤啪啪響，有他們倆在還怕路費沒人花？

韓初見聞言微愣，想了片刻覺得這提議不錯，他當初和秦守七離宮出走的時候，兩人雖在外奔走，卻情比金堅，整日整日的黏在一起不分開，彷彿每一天都是一個新的開始，哪像現在十年如一日，若是能說動秦守七放下手中的事情和他出去轉轉也不錯⋯⋯

如此，韓初見抬頭看向對面打著小算盤的宋清歌，裝作氣定神閒道：「嗯⋯⋯我考慮幾天再告訴你。」

宋清歌也爽快：「成！那我先告辭了～」

宋清歌告辭以後韓初見突然想起一個問題……

他叫誰妹夫呢！

※◎※　※◎※　※◎※

韓初見磨蹭了好一會兒才去找秦守七，沒想到秦守七很爽快的答應，說是正好有事出城去辦，倒也不是急事，可以邊遊玩邊辦事。

韓初見不禁暗嘆：他媳婦可真是個工作狂。

韓初見懷揣著和秦守七夫妻雙雙把景遊的美好期盼整理了兩日，便正式出發了。然而，出發第一天他的期盼就碎了。

傳言在沒遇到宋清歌之前，周瑩喜歡的對象是秦守七，天天夢想著當秦守七的媳婦，但秦守七是女人的消息傳出來以後，她的一顆少女心就碎了，這才看上了她身邊的宋清歌。這次出遊，她可是一個勁的纏著秦守七，左一聲將軍好帥，右一聲將軍好棒，韓初見和宋清歌兩人在後面跟著是毫無存在感。

「瑩兒，我現在已不是將軍，妳這麼叫不合適，我和妳爹是結拜兄弟，算起來妳是我姪女，那妳便叫我……」秦守七沉吟半晌，覺得叫「姑姑」似乎也不大合適。

倒是周瑩一點也不沓拖，清脆的叫了聲：「姑姑！」

後面的宋清歌都來不及阻攔：媳婦啊！妳叫她姑姑，讓我情何以堪啊！

韓初見這回可樂了，抬手摸了摸宋清歌的頭，趾高氣揚道：「乖，姪女婿，叫聲姑丈來聽聽～」

——看你還敢叫我妹夫！

宋清歌苦了臉。

遊過了別城和喬城，他們決定在興城落腳休息一日。

這幾日馬不停蹄的，到了夜裡都是累得沾床就睡，韓初見心想今日終於可以和媳婦好好溫存一下了！

韓初見早早洗了澡，鑽進被子裡暖被窩，特意只穿了一條褻褲等著秦守七辦事回來。

等啊等的，等得韓初見都快睡著了，開門聲才響了起來，他揉揉眼睛抬眸看去，「怎麼才回來啊？」

秦守七用盆裡的涼水洗了洗臉，便脫了外衣，鑽進了被窩，「見了一個老友……嗯？你怎麼沒穿衣服？」

她冰涼的手摸過韓初見細滑的腰，韓初見被冰得一抖。

他推開秦守七的手，極不自然的挪了下身子，「什……什麼老友啊？」

秦守七沒回話，先掀了下被子，瞧見韓初見單薄的穿著便明白過來，瞇起眼睛，用冰涼的手指劃過韓初見赤裸的胸膛，韓初見的臉立刻有越來越紅的傾向。他的皮膚白嫩無瑕，每當臉紅的時候都嬌豔得秀色可餐，秦守七真的搞不懂，怎麼成親這麼久了韓初見這個大男人還總是怕羞呢？不過……她喜歡。

「你不識得。」她說完，傾身吻上他的脣，撬開脣舌吻得纏綿，手在他的身上不安分的撫弄。

韓初見被吻得渾身發熱，秦守七就是他的極品春藥，碰上她，他就一發不可收拾了。

韓初見正想脫褲子壓媳婦，秦守七卻一把推開他，笑得戲謔：「我明日還有事，今日就到此為止，好好睡覺，聽話。」

說罷，秦守七便一手拉過被子把韓初見裹得嚴嚴實實，然後自己取了另一條被子蓋踏實睡覺。

——秦守七！妳這混女人！又耍弄我！

韓初見含淚吶喊中。

隔日一早，秦守七已不見人影，就剩個韓初見紅著眼睛下樓和宋清歌他們吃早飯。

宋清歌一臉的紅光滿面，瞧見韓初見的樣子就忍不住奚落他：「怎麼了，姑丈？慾求不滿啊？」

韓初見咬牙切齒道：「宋清歌，你現在最好不要惹我。」

他瞪著血紅的眼睛，那樣子還真像隻要咬人的兔子。

宋清歌連忙擺手，「姑丈，我哪敢啊！其實吧……」他突然故作神秘，道：「我有個情報想告訴你，關於你媳婦去哪裡了……」

提起秦守七，韓初見更氣了：「管她去哪！八成又談生意去了！」

「嘖嘖嘖。」宋清歌搖了搖手指頭，「她有一位舊友在興城，所以她才安排在興城歇腳。你知道這位舊友是何方神聖嗎？」

說罷，宋清歌擠眉弄眼顯得有幾分曖昧。

——難不成……

韓初見突地有些緊張，問：「是誰？」

宋清歌伸出手，有些為難道：「我今日想帶媳婦到處轉轉，手頭有點緊……所以……」

韓初見掏出懷中的銀子塞他手裡，「快說！」

宋清歌得了銀子，老實道：「此人便是蘇白雪。」

「蘇白雪？那個狐狸精？」韓初見還沒說話，周瑩就先大聲嚷嚷了：「姑姑還去見那個狐狸精！」

——蘇白雪？

雖然韓初見並未見過此人，但在他和秦守七成親前就聽過這個名字了，似乎是岳父大人懷疑是秦守七磨鏡的第一人選？果然她又去見情人了！

「那個蘇白雪在哪？！」

宋清歌又伸了伸手，多拿了韓初見一張銀票才道：「城東開了家藥鋪，叫融雪。」說完，他拉著自個兒的媳婦愉快的走了。

※◎※　※◎※　※◎※

韓初見立刻馬不停蹄的去捉姦，到了「融雪」沒見到秦守七的影子，倒是見到了那個傳說中的蘇白雪，她穿著一身潔白無瑕的白裙，蒙著面紗，真真是白雪般純淨無瑕的女子。可他怎麼記得此人是個名妓？

「是你啊。」

蘇白雪瞧見韓初見進門，起身款款而來，臉上掛著柔美如雪的笑容。

韓初見呆了呆，「妳認識我？」

他可不記得自己見過這個狐狸精般的女人。

蘇白雪上下打量一番，道：「雖然年長了許多，但模樣還是沒變多少的，還是像個小姑娘一般。」

說罷，她似是回憶起了什麼，輕笑了幾聲。

韓初見聞言漲紅了臉，這個狐狸精居然敢嘲諷他像個小姑娘！

「妳——妳！」

蘇白雪在他面前踱了幾步，問：「你來找七郎嗎？她方才才走，你這會兒出去沒準兒還能追上她。」

——她……她……她居然叫她七郎！

「妳……妳叫她什麼？」

蘇白雪一副理所當然的樣子道：「七郎啊！早在你認識她之前，我便是這般叫她七郎的，起初我是想贖身嫁她來著，殊不知她竟是個女子，而且並不喜歡女人，只能便宜你這個小子了。」

這般柔柔的女人為何說出來的話這麼不客氣！

韓初見瞠目結舌道：「妳……妳說什麼？」

蘇白雪嘆息一聲，道：「唉，其實我並不在乎她是男是女，我的心早就是她的了，可她卻偏偏看上了你，想當初她對我說她遇到了想在一起的人，我還不信呢！直到見過你才真的信了。她對你是不一樣的，可你當初卻跑了，聽說你跑了我還很開心來著，卻沒想到兜兜轉轉，她還是落你手裡了。」

什麼？七郎曾經就想過和他在一起？

當初回憶這段的時候他只顧著怎麼表白衷腸了，卻忘了問秦守七當初為何要那樣那樣對他，他還以為她是一時色慾薰心呢，畢竟秦守七那時候那麼放蕩不羈……

感傷的蘇白雪又突然想起了什麼，用揶揄的眼神看向韓初見，笑道：「有一件事你一定不知道，你當初男扮女裝被人販子抓進了怡春院，你以為是自己聰明逃了出來，一定不知道那位幫你逃出來的恩客是秦守七扮的吧？若不是我告訴秦守七，你估計現在還不知道在哪裡待著呢。」

——什……什麼！

這是韓初見相當恥辱的一段回憶……

那時他為了躲開護衛，便男扮女裝，卻不料人傻被人欺，被人販子拐進了妓院，隔天就被一個色慾薰心的登徒子買了初夜，他以為是他自己聰明和那個登徒子玩捉迷藏趁機逃了出來，卻不想那人是秦守七！

他還記得那個登徒子色慾薰心的嘴臉，藉著喝酒占他便宜、摸他屁股……那個人竟然是秦守七？！

蘇白雪瞧著韓初見目瞪口呆的樣子噗嗤一笑，道：「小相公，快回去吧，免得七郎找不到你，以為你又被賣到哪裡去了。」

說罷，她扭著纖細的腰肢進屋去了。

韓初見眨了眨眼睛，還是沒回過神來。

即便已經把秦守七娶到手了，可他仍是很多時候都認為秦守七不過是被他的執著打動了才勉強嫁他的，畢竟她對他不像他對她那般熱烈，好像和他成了親，她也沒有任何變化，該是怎樣便是怎樣……

他不斷的努力想要配得上她，想要得到她的青睞，但其實……早在他蠢蠢的時候，她就動過心了嗎？

「你果然在這裡啊。」

韓初見正愣神，身後傳來熟悉的聲音，他回頭一看，果然是秦守七。

她的表情有幾分不自然，走過來攬住他的肩，「回去吧。」

韓初見點點頭，跟著她走出了「融雪」。

兩人並肩走著，寂靜無言了好一會兒，秦守七才道：「是不是白雪和你亂說什麼了？」

韓初見木木的搖了搖頭。

秦守七見他這個樣子，眉心微蹙，解釋道：「我和白雪只是舊友而已，因為她總是喜歡亂說話，所以我才沒告訴你，你……你不要總是亂猜……」

秦守七的語氣很是無奈，她真不知道為何自己在韓初見心裡是那麼花心的人……

韓初見這才回了神的樣子，道：「我這樣只是想讓妳知道我在乎妳罷了，哪像妳，我和誰在一起妳都毫不在意！」

秦守七勾唇一笑：「並非我不在意，我只是信任你，有多愛你便有多信你。」言罷，她衝他眨了眨眼睛。

韓初見瞪大眼睛，今天太陽從西邊升起來嗎？秦守七也會說這麼肉麻的話了？

秦守七捏了捏他的臉，眉眼彎彎，整張臉都柔和了起來。

「其實，我在見你第一面的時候便知道，你定不是我生命中一個匆匆的過客，你是與眾不同的、無可替代的，所以不要再懷疑我了，有些話我雖然不說，但我和你的心是一樣的。」

要不然她也不會兜這麼大一個圈子告訴他自己的心意。

雖然她遲鈍，可是她也能察覺到韓初見時不時的失落。她不是個善於表達的人，也不是個熱情似火的人，但她的心和他是一樣的。

韓初見怔了怔，終於露出明白了什麼的神色。

——混女人！直接說妳早就看上我了有這麼難嗎！

※◎※　※◎※　※◎※

半個月後，四人啟程回京，秦有恆小肉球居然會說話了！

韓初見激動的抱著兒子，喋喋不休道：「叫爹爹！叫爹爹！」

秦有恆眨了眨水靈靈的大眼睛，天真無邪的張了張嘴，糯糯的叫了聲：「娘娘……」然後他轉頭看向同樣熱切看著他的秦守七，叫：「爹爹……」

韓初見瞬間石化！

終於，他還是成了娘……

《番外二．七爺是爹他是娘？》完

七爺座下02
霸氣秦七爺

話說秦老爺請三媳婦來教秦守七如何當個女人……
女人啊，在家從父、嫁人從夫、夫死從子＃＄＠＃％＄％＄…
嘖，麻煩！
七妹，妳明白了嗎？
……囉嗦！
想明白了！找個能順從我的就好了！
這種打著燈籠都找不到……
三從四德
呵！他要是不順從我，我就把他打順從了！
呵…

不可以家暴喲！ By三嫂

七郎～人家都聽妳的
>///<

只要擁有七郎，我就是人生勝利組！ By韓初見

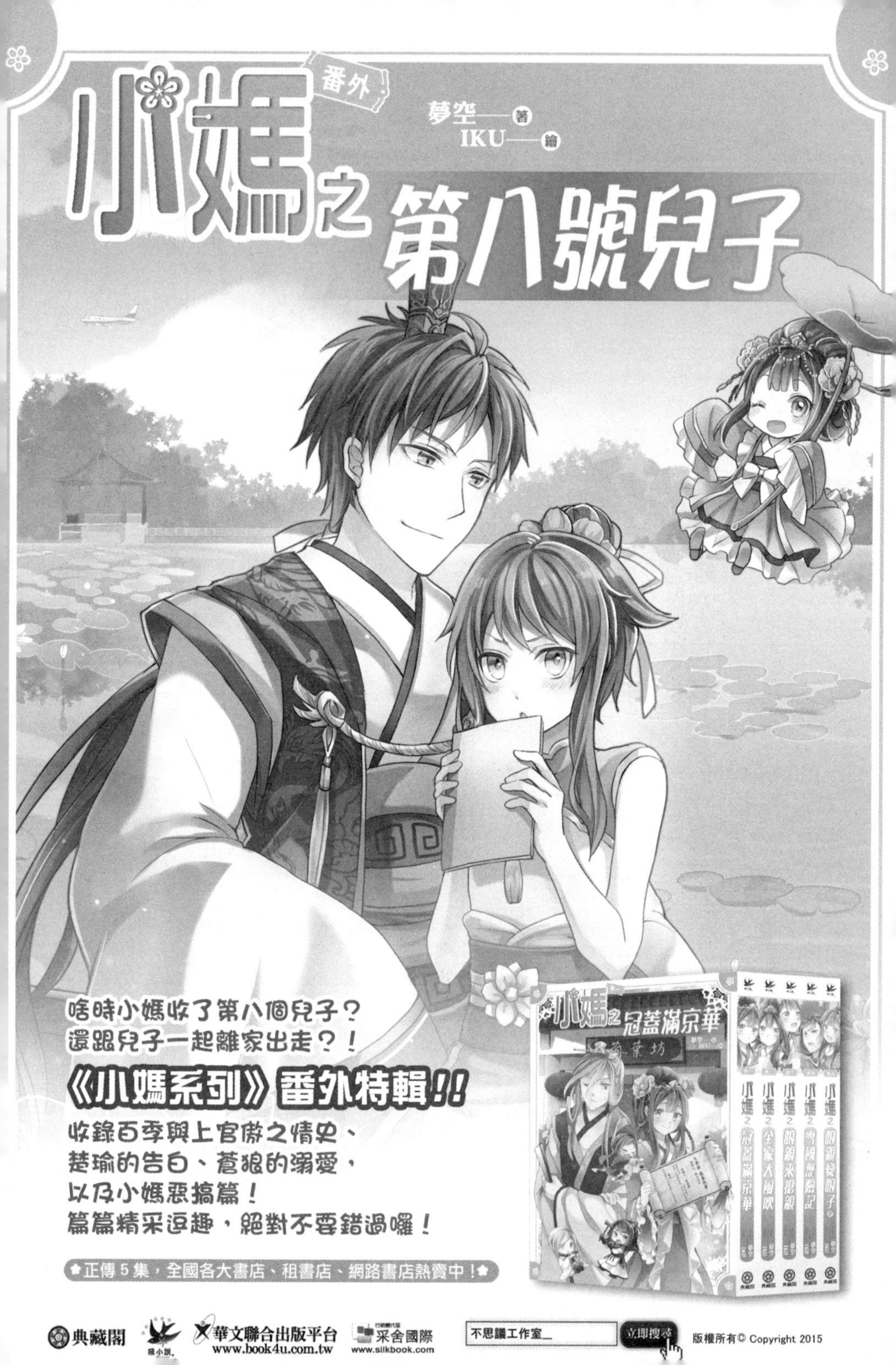
番外
小媽之第八號兒子
夢空——著
IKU——繪
啥時小媽收了第八個兒子？
還跟兒子一起離家出走？！
《小媽系列》番外特輯!!
收錄百季與上官傲之情史、
楚瑜的告白、蒼狼的溺愛，
以及小媽惡搞篇！
篇篇精采逗趣，絕對不要錯過囉！
正傳5集，全國各大書店、租書店、網路書店熱賣中！
小媽之冠蓋滿京華
典藏閣
華文聯合出版平台
www.book4u.com.tw
采舍國際
www.silkbook.com
不思議工作室
立即搜尋
版權所有© Copyright 2015

飛小說系列138

七爺座下02（完）

她的傲嬌相公

出版者■典藏閣
作　者■焓淇　　繪　者■梓攸
總編輯■歐綾纖
製作團隊■不思議工作室

郵撥帳號■50017206 采舍國際有限公司（郵撥購買，請另付一成郵資）
台灣出版中心■新北市中和區中山路2段366巷10號10樓
電　話■(02)2248-7896　傳　真■(02)2248-7758
物流中心■新北市中和區中山路2段366巷10號3樓
電　話■(02)8245-8786　傳　真■(02)8245-8718
ISBN■978-986-271-620-5
出版日期■2015年8月

全球華文國際市場總代理／采舍國際
地　址■新北市中和區中山路2段366巷10號3樓
電　話■(02)8245-8786　傳　真■(02)8245-8718

新絲路網路書店
地　址■新北市中和區中山路2段366巷10號10樓
網　址■www.silkbook.com
電　話■(02)8245-9896
傳　真■(02)8245-8819

線上總代理：全球華文聯合出版平台
主題討論區：http://www.silkbook.com/bookclub　◎新絲路讀書會
紙本書平台：http://www.silkbook.com　◎新絲路網路書店
瀏覽電子書：http://www.book4u.com.tw　◎華文電子書中心
電子書下載：http://www.book4u.com.tw　◎電子書中心（Acrobat Reader）

☞您在什麼地方購買本書？☜

1. 便利商店（______市／縣）：☐7-11　☐全家　☐萊爾富　☐其他____________

2. 網路書店：☐新絲路　☐博客來　☐金石堂　☐其他__________

3. 書店（______市／縣）：☐金石堂　☐蛙蛙書店　☐安利美特animate　☐其他____

姓名：__________ 地址：______________________________

聯絡電話：__________ 電子郵箱：______________________________

您的性別：☐男　☐女　　　　您的生日：__________年__________月__________日

（請務必填妥基本資料，以利贈品寄送）

您的職業：☐上班族　☐學生　☐服務業　☐軍警公教　☐資訊業　☐娛樂相關產業

☐自由業　☐其他__________

您的學歷：☐高中（含高中以下）　☐專科、大學　☐研究所以上

☞購買前☜

您從何處得知本書：☐逛書店　☐網路廣告（網站：__________）　☐親友介紹

（可複選）　☐出版書訊　☐銷售人員推薦　☐其他__________________

本書吸引您的原因：☐書名很好　☐封面精美　☐書腰文字　☐封底文字　☐欣賞作家

（可複選）　☐喜歡畫家　☐價格合理　☐題材有趣　☐廣告印象深刻

☐其他________________

☞購買後☜

您滿意的部份：☐書名　☐封面　☐故事內容　☐版面編排　☐價格　☐贈品

（可複選）　☐其他

不滿意的部份：☐書名　☐封面　☐故事內容　☐版面編排　☐價格　☐贈品

（可複選）　☐其他

您對本書以及典藏閣的建議______________________________________

____

____

✌未來您是否願意收到相關書訊？☐是　☐否

✎感謝您寶貴的意見✎

印刷品

$3.5
請貼
3.5元
郵票

235 新北市中和區中山路二段366巷10號10樓

華文網出版集團　收

（典藏閣－不思議工作室）

七爺座下02

她的傲嬌相公

焓淇 著

梓攸 繪

飛小說。
We Love
Easyfly.